Q版特工25

藏香

梁科慶

Q版特工25　藏香
作者／梁科慶
總編輯／馬鎮梅
責任編輯／楊碧瑤　王心靈
美術設計／blacktony
出版發行／突破出版社
香港沙田亞公角山路33號突破青年村
電話：2632 0000　傳真：2632 0388
電郵：breakthrough@breakthrough.org.hk
網址：http://www.breakthrough.org.hk
http://www.btproduct.com
承印／陽光印刷製本廠
2010年11月初版1刷
2010年12月初版2刷

Ah Wing, the Secret Agent 25: The Aroma of Xizang
by Leung For-hing
First Printing, First Edition, November 2010
Second Printing, First Edition, December 2010

ISBN 978-988-8073-16-0

誠邀閣下就突破出版社的書籍發表意見。
請登上 www.btproduct.com/book，在「讀者回應卡」頁面內填寫。謝謝。

歡迎加入突破書籍 Facebook — http://www.facebook.com/btbooks

每一個
年輕人都應當
乘着夢想的
翅膀出航。

飛翔專號

目錄

自序：把心一橫，讀書去！ 6

I 宅男植物癡 12

綠癡男，栽奇毒；除寵油雞、
烤鴨，R竟一口咬下……

II 古堡隱祕 44

年輕冒險狂，魔杖巨藤護私隱；
冒牌、part-time轉戰峨嵋九十後……

III 奪寶謊言 84

正氣無畏禿幫AK47，碎謊言，
光影智能抵死傳真……

IV 花媒意外 126

花眠驚喜，女強人躍身直搗匪穴；
愛，卻在灑掃間流動……

北燕手記 • 風雨中的英雄／黃燕萍
152

自序：把心一橫，讀書去！

2010年香港書展，我只寫了半本新書(《隱市狂徒》是與嘉薰合寫的)，「Q版特工」系列沒新的作品。有些讀者好生失望。出席書展作家簽名會時(其實書只算半本，不過嘉薰外遊，只留下我不斷給出版社催逼，惟有硬着頭皮、厚着臉皮赴會)，有個小朋友問我：「為什麼沒有你的新書？」

「今年我到大學進修，沒時間寫小說。」我如實回答。

小朋友的媽媽靈巧而盡責，不放過「教仔」機會，立即補上一句：「連叔叔都讀書，你也要努力，力求進步。」我完全同意她的話。

「作者要進步，讀者也要進步。」

經常跟我通email的讀者，對這話一定不會陌生，我常常不厭其煩，拿它來作互勉。

作者和讀者不能把視野局限於某種心儀的情節、題材、敘事模式，有開闊的眼界，才會不斷發現新天地。

網上結交的年輕人中，有網名「Mr. Mok」的，我常為他而驕傲。他從前不讀課外書，初中時從「Q版特工」裏發現閱讀的樂趣，狼吞虎嚥看完我寫的書，進而蠶食更高水平的作品，飽覽中外名著，長期過着「無書不歡」的日子。日子有功，通過閱讀，學養一點一滴地積聚，到了今天，Mr. Mok的文學根基已相當不錯。

「Q版特工」只是閱讀的一個起步點，讀者需要進步，不能只讀它；至於我，求取進步的方法，同樣是讀書。

自1994年在加拿大Dalhousie大學修畢圖書館學課程之後，我一直忙於工作、寫作和照顧家庭，進修已是有心無力，不敢奢望再有機會重返校園。2008年初，與舊同學梅少佳喝茶，談及彼此近況。他是一位中學老師，也是兩個小女孩的爸爸。梅兄告訴我，他剛完成香港科技大學的碩士課程。我既驚訝又羨慕，他那麼忙碌，何來時間讀書？

他說，沒時間也要讀。他非常享受進修的日子，每份功課都盡心盡力去做，每份功課都拿A。他反問我：「科慶，我們到了這個年紀，不做一些自己喜歡的事情，還要等到幾時？」

梅兄的話，非常有道理。日子一天一天地過去，瞎忙是一天，無所事事也是一天，切切實實地讀書又是一天。於是，我把心一橫，讀書去！

2009年9月，我入讀嶺南大學中文系的碩士課程，研究論文的題目是〈大時代裏的小雜誌：《新兒童》研究1941至1949〉。《新兒童》是香港第一份兒童文學雜誌，由黃慶雲主編。

我研究方向的醞釀期，大抵可溯自2008年底，當時我剛調任香港中央圖書館的香港文學資料室。工作交接之時，上一任同事告知，下一個季度專題展覽的作家，已編定為黃慶雲，問我可有異議。

我當然沒異議，遂按編排辦事。那時，我只讀過黃慶雲的作品，沒見過她本人；即使如此，我自信可寫出一篇像模像樣的文字，給讀者介紹。不過見一次面，聊一聊，感覺就不一樣，寫起來更加傳神。

我打電話給周蜜蜜（黃慶雲女兒），說明這個意願。一星期後，我便跟鼎鼎大名的「雲姊姊」在銅鑼灣的一家酒樓品茗。

如果有一個「作家風采指數」，雲姨（黃慶雲）的指數肯定屬於最高級別。她的氣度、學養、創意，都令我這後輩佩服得五體投地。

雲姨送了好些書籍給圖書館，包括一套五十冊的「新兒童叢書」，還借出數本《新兒童》雜誌供展覽之用。我尤其在意《新兒童》，一來喜歡舊書刊，二來從沒見過，也甚少聽人提及。回家馬上翻閱，發覺水平極高。

我敢說，至目前為止，香港沒一份兒童文學雜誌可以媲美。我邊讀邊歎息，香港中、小學生的語文水平日見低落，跟缺乏優質課外讀物不無關係。半個世紀以前，學生看《新兒童》，今天的少年、兒童看什麼文字？文字功夫一代不如一代，看來已成大勢，難以逆轉。

時光不會倒流，今天沒人願意出版《新兒童》這類刊物，即使出版，亦沒銷路。然而，我們總不能就此讓《新兒童》長埋舊書堆裏，無視它的貢獻和影響。

2009年1月至3月，我任職的香港文學資料室舉辦〈從雲姊姊到雲婆婆〉專題展覽，當中雖提到《新兒童》，但絕不足夠；意猶未盡，我決心寫一本關於《新兒童》的書。可是活在香港，終日無事忙，研究《新兒童》亦非迫切工作，日子一久，熱情漸冷，計劃一拖再拖，幾乎無疾而終；轉捩點，當然是到嶺大進修。

在嶺大，聽也斯老師的課，他用「錦上添花」和「雪中送炭」來比喻做研究工作的動機，勉勵學生不要跟風，一窩蜂地去研究熱門課題；相反，發掘遭人忽略的作者和作品，重新肯定其文學地位，來得更有價值。

這番話，令我重燃研究《新兒童》的決心，遂向大學遞交「《新兒童》研究」的論文建議，很快獲得接納。在往後的半年裏，蒙論文指導老師陳德錦博士悉心指導，在調校研究方向、編定綱目、審訂資料、斟酌字句等各方面，都給予許多寶貴的意見。

由於欠缺前人的研究成果，工作幾近從零開始，原始材料的蒐集，既要廣泛，也得準確。雲姨的口述歷史是這項研究的重點。每次，我到她家中聊天，細聽她憶述前塵舊事，自問心態絕非「做作業」；而是一次又一次地向前輩承教，就像她昔日到許家聽許地山講故事一般。有少許薪火相傳的感覺。

另外，特別感謝小思老師相助。論文裏面，有幾個關鍵人物，如曾昭森、胡明樹、呂志澄、謝加因等《新兒童》的作者、編者，找得的資料少之又少。正當我處於瓶頸位置，苦無頭緒之際，小思老師到我工作的圖書館看書。她是研究香港文學的權威，我靈機一觸，厚着臉皮發電郵向她求救。

小思老師即時回覆，答允請求，翌日送來一大疊資料卡，還說「慢慢用，用完才還」。我依照卡上索引，找來1940年代報紙的縮微菲林，一一細閱，不僅解開許多疑團，更發現不少新資料。小思老師的心血，帶給我意想不到的收穫。

論文寫畢，我把它列印出來，按大學的指示裝訂成冊，另燒錄光碟一片。我靜下來，看着論文成果和光碟，回想自己最初的研究動機；自忖動機肯定一直沒變，不是為求學位而寫，只為向本地的兒童文學前輩作家致敬。

1 宅男植物癡

綠癡男，栽奇毒；

除寵油雞、烤鴨，R竟一口咬下……

1

我和R的關係很特別，很難形容。

我嘗試說個明白吧。

她是我已分手的女朋友。本來，已分手的情侶應該各走各路，另闢新生活；徵逐一段新戀情也好，給自己一段安靜日子也好，甚而想辦法療傷都好——總之就是互不相干，兩不相欠，保持距離。

然而，我和R的情況不是這樣。首先，我們分手的原因有點「莫須有」。我們都愛對方，也沒有真正的第三者——我前度的女朋友真生已經去世，稱她為第三者，可算牽強；但R就是接受不來，執意提出分手，目的是讓彼此冷靜思考，弄個清楚。

回想我們起初相戀，我搞不清喜歡R什麼。她不是那種令人眼前一亮的女子，五官端正，但不出眾；而且她是一組特工的主管，事業心極重，不苟言笑，永遠給人一份莫名的冷傲。Ada和阿Ken最怕碰見她。

由於工作的不遂意，加上相依為命的父親離世，R

承受不了壓力，患上抑鬱症。我跟她交往，在某個程度上是憐惜她，照顧她。當然她亦擁有吸引我的條件，平日她一派理智、穩重，富同情心和正義感，可是也常常躲起來哭泣。女強人流淚非同小可，她低頭飲泣的樣子，分外動人，我一見就心軟。所以，對於R，責任與愛情在我心中的天秤上，比重相若。

而她，對我的需要，有時多處於照顧和依賴之間。女朋友依賴男朋友，需要男朋友照顧，本是天經地義，但R所需要的似乎特別多。即使分手之後，她仍然每天給我電話，隔幾天我們就見一次面，每趟她都有需要。

例如兩星期前，她說覺得悶，想養寵物，我便陪她到寵物店左挑右選，二人細心商量，像一雙挑選婚戒的情侶。最後我們，的確是我們，一致決定買下一隻雌性的黃毛胖貓。這頭貓的毛又黃又密又柔，肚子胖嘟嘟的，把牠抱在懷中，感覺很滿足，滿足的程度猶如睡至日上三竿，賴在牀上吃一頓豐富的英式早餐。R說牠像燒臘店的油雞，於是叫牠作「油雞」。

有油雞小姐相伴，R翌日破天荒地沒給我電話，大概忙於為油雞小姐清潔、梳刷，配上不同顏色的絲帶結，因而忘卻了我。

她不找我，對她對我都有好處，她早日回復完全獨身的生活，對重新思考我們的關係，會來得更明智、客觀。而我，收不到她的電話，本來求之不得，卻又犯賤地希望她如常來電，幾乎忍不住撥電給她。不止一次，拿起電話，指頭已放在快速撥號鍵上，只要稍加用力，便可接通電話；幸而最終懸崖勒馬，我把電話丟下，還丟得老遠。

等了一天，R沒來電，直至第二天傍晚，電話響了，是我為她預設的特別鈴聲。我愉快地接聽。她在線路的另一端飲泣，沒說話。我焦急地問她是不是發生了意外？她邊哭邊說，斷斷續續講了十二分鐘，我憑着聰明才智和對她的了解，終於明白發生了什麼一回事。

原來油雞小姐魅力沒法擋，入住屋苑前後不過兩天，已令整個屋苑的公貓神魂顛倒；夜半，乘着月色朦朧，涼風習習，大、小公貓發揮大無畏的求愛精神，效法《西廂記》的張生夜訪崔鶯鶯，齊集西廂，不，齊集R的露台，各自演練歌喉，來個集體叫春，以求油雞小姐慧眼識貓雄。

公貓叫春把R吵醒，她立時拿掃帚去驅趕，趕跑了，才關燈上牀。可是羣貓復至，又吵個無休止。自從患上抑鬱症，R長期失眠，醫生給她服用的抗抑鬱藥，只助病人舒緩、鬆弛，不用作安眠。羣貓放肆，吵得她沒法入睡，失眠導致情緒低落，她控制不了而哭一整天。

聰明的我，立即為她想出辦法解決——多養一頭狗。晚上把狗留在露台外面，權充守衛。公貓和母貓之間，不存在至死不渝的愛情；牠們不會為愛情殉命。我保證那些多情的公貓，礙於性命安危，自會揮慧劍斬情絲，不敢再來打油雞小姐的主意。而且，早晨和傍晚，R帶狗散步，亦屬有益身心的活動。

我的計策聽來毫無瑕疵，R同意。我們坐言起行，放下電話，再訪寵物店。寵物店老闆娘看見我們再度光顧，自然眉開眼笑，殷勤地為我們推薦一頭三歲大的柴犬，芝麻色短毛，樣子很忠誠，像個種蘿蔔的日本農夫。

我和R都以為養了柴犬，就可杜絕貓患，R從此高枕無憂。詎料，柴犬甫踏進R的家，幾乎發生血案。或許，牠誤會油雞小姐是掛在燒臘店櫥窗香油滴滴的油雞，吠也不吠一聲，一見就撲過去，我拉也拉牠不住。

在R的驚呼聲中，柴犬張口便咬，幸虧油雞小姐體內殘留着些微貓的求生本能，體形縱然笨拙，仍以一個極難看的姿勢滾翻開去，避過狗口尖牙，狼狽地攀上茶几，再逃上電視機櫃頂。

那柴犬一副忠誠相，原來是騙人的。牠狂吠一聲，獸性大發，一個翻身，即從我胯下鑽過，轉而強攻電視櫃。油雞小姐慌忙爬到電視櫃上方的飾物架，渾身黃毛豎起，不住打顫。柴犬一撲不中，卻「乒」地推倒櫃面的花瓶，在花瓶掉下前，我一個箭步及時把它抱住。

驚魂未定，頭頂上方裂裂作響，飾物架的設計原供擺放小相架、小花球、小蠟燭、小水晶之類，從沒預計有一隻大胖貓攀上去。當爆裂聲響至第五下，飾物架終支撐不住，塌下一半，「噼啪」地打在四十六吋LED電視機上。

柴犬「汪」地一聲，嚇得跑往東；油雞小姐摔落地板，「喵唬」一聲逃向西。我手急眼快，左手仍舊抱緊花瓶，右手托住搖搖欲墜的另一半飾物架，左腳抵着已呈四十五度傾前的電視機。

R氣得眼淚直流，在柴犬向油雞小姐發動第二波攻擊之前，趕緊在書櫃和電腦枱之間找着油雞小姐，把牠緊抱在懷裏。一人一貓，都在發抖。

我瞪着那把R家弄得一塌糊塗仍不知悔改的柴犬騙子，心裏想，錯的是我嗎？錯在哪裏？聰明的我，僅花一分鐘便想通了。

多養一頭狗，沒錯。不過，R需要的，並非那外表忠誠、稟性頑劣的柴犬，而是一頭受過專業訓練、真正忠誠的狗。

我再花一分鐘，非常高效地把花瓶、電視機安放妥當，兼制伏柴犬，給牠一個五花大綁；再致電嘉薰醫生的警察朋友何Sir，請他幫忙提供資訊，或相關途徑，讓R可在短期內領養一頭退役警犬。

那是一頭雄性的拉布拉多犬，重約六十磅，棕色的眼睛小而靈巧，巧克力色的短毛，濃密而厚實。

這拉布拉多犬曾是警隊中的精英，嚴守紀律，絕對服從；平日一聲不哼，既不會騷擾油雞小姐，也不會亂跑亂跳；晚上留守露台，立竿見影，登徒浪「貓」統統絕跡，簡直是個專業的守護者。

如今R家內有油雞小姐，外有拉布拉多犬，她的生活該很快重回正軌，我也可以功成身退，慢慢淡出她的生活圈子，正式過早已分手的日子。

不料，過了四天，R再次來電——又出問題了。

「出了什麼問題？」露絲忍不住插口：「聽起來，一切很理想啊！」

「R說……」我感到一言難盡。

「依我說，阿Wing乾脆和R結婚吧！」北燕以高八度的聲線插口，而且語出驚人。

登時把我和露絲嚇呆。

「咳咳——」阿漆剛喝下一口啤酒，給北燕的話嚇得嗆咳，口中的啤酒失控噴出。露絲趕緊挪開桌上的薯片，我一把抓起果仁，免遭阿漆的啤酒弄污。

「結婚罷了，值得大驚小怪嗎？」北燕揶揄，「又不是叫他們殉情。」

「對不起。」阿漆拿着紙巾抹淨嘴角、下巴。

「但，我跟R才分手不久，我們之間的問題還未解決。」

「唏！男女朋友耍耍花槍，鬧鬧意見，何必鑽牛角尖？你們都是成年人，兩情相悅，男婚女嫁，最正常不過了。婚後還要響應行政長官的呼籲，三年抱兩，四年抱三，五年抱四；供書教學嘛，三歲選幼稚園，六歲升中派位一條龍，先揀校網後搬屋。孩子到了十幾歲，步入青春期，開始反叛，最易學壞。多上街嗎？擔心他們誤交損友；不上街嗎？又擔心他們躲在家裏上網成癮變

『電車男』。眨眨眼，唸完中學上大學。香港的教育不理想嗎？送孩子到外國讀洋書，喝洋水，選校選科選宿舍，訂機票，兌外幣，寄日用品，忙個不休。唉！一身兒女債。我是過來人，最清楚不過。十年八載，一晃眼就過，什麼『兩人之間的問題』，什麼『性格不合』，已經變得微不足道。」

「哎呀！那麼麻煩，我才不要結婚。」露絲嘟囔，偷眼瞧一下阿漆，「就算結婚，也不生孩子。」

「北燕，請不要危言聳聽，嚇唬……阿Wing，拜託。」阿漆瞪着北燕抗議。

「什麼危言，我句句金石良言！」北燕打開手袋，取出一個透明餐盒，放在桌上，把下酒的薯片、果仁全倒進餐盒內，「阿仔、阿女放學，我要回家煮飯了。你們繼續happy hour。」

「這些薯片……」阿漆伸手往餐盒去拈一塊薯片。

「不要饞嘴。」北燕拍打阿漆的手背，「果仁的脂肪含量高，薯片燥熱。阿漆、阿Wing你倆的腰圍寬了，露絲你臉上長了暗瘡，這些東西少吃為妙，不吃更佳。你們不吃，就變廚餘，我帶回去給阿仔、阿女作點心，不浪費食物。」

趁着我和阿漆檢查腰肚，露絲取出鏡子照臉，北燕蓋上餐盒，把薯片、果仁收進手袋裏。當我和阿漆察覺腰圍跟平日無異，露絲也找不到暗瘡之際，北燕已跑到lounge門口，向我們揮揮手，說聲「沙喲娜啦」，揚長而去。

我搖搖頭，喝罷杯裏的小半杯鮮奶，看看腕錶，道：「我要找R去，你們慢慢討論結婚生子吧。」

「胡說，誰跟他結婚生子！」露絲紅着臉推阿漆一把。

「你還未透露R出了什麼新問題。」阿漆搔搔後腦，表情尷尬。

我苦笑道：「她在電話裏沒說，只囑咐我日落前務要到達她家。」

「那，祝你好運。」

「彼此彼此啦，老友。」我朝他倆眨眨左眼，離座踱出lounge，隱約聽見露絲在背後怨惱，「我不結婚！……北燕有她的道理…… 不生孩子…… 倒不如分手……」

女人，動不動就鬧分手，口不對心，無聊透頂，最會製造麻煩！

2

就在最後一線夕陽餘暉還未隱沒山背之前，我按響R的門鈴，心裏忐忑不安。所謂野性難馴，我有少許擔心拉布拉多犬已把油雞小姐分屍。

「叮咚——」

R開門，好端端的，容光煥發。進得門來，但見油雞小姐肚皮朝天，躺在沙發上，挺幸福的樣子。拉布拉多犬則靜靜地伏在沙發腳邊，抬頭瞧瞧我，牠的樣子也是挺幸福。屋內井井有條，沒貓狗人打鬥的痕跡，眼見一切安好，我的心頭大石放下一半。

奇怪的是，R放下全屋的窗簾，還在一個窗子前面，架起一台TY-N132監視望遠鏡，窗台上擱着Canon5DII照相機，已裝上EF800mm長鏡頭，一一都用窗簾遮掩着，似乎在監視什麼可疑人物。

「阿Wing，快過來這邊，看。」她把我拉到望遠鏡前面。

「看什麼？」

「對面，地下單位的單身漢，他叫Yman，是個宅男。他一天到晚把自己關在屋內，每天黃昏日落之後，才離家散步十五、二十分鐘。」

「偷看鄰家的宅男？」我丈八金剛摸不着頭腦，幾天不見，R的品味怎會一落千丈？

「他出門了！」R興奮地嚷叫。

我照她的意思，俯身通過鏡頭，觀看那個剛從對面房屋出來的男人。那人身穿黑色Adidas及膝運動褲、綠色柳條花紋疑似睡衣的襯衫，腳踩一雙大頭涼鞋，臉上架着方框眼鏡，頭髮長長，沒梳理，也沒刮鬍子。滿臉鬍鬚的關係，難以確定他的年紀；總之，看來並不年輕。

身旁的R提起Canon照相機，對準那人。

「嘩！又一個犀利哥，你打算拍下他的照片上載互聯網嗎？」

「我才沒那麼無聊。」

動用先進的監視器材，出動我這個一流特工，監視一個不修邊幅的「宅男」，還不夠無聊嗎？

「這幾天，我每次帶烤鴨到外面散步……」

「烤鴨？你一邊散步，一邊吃烤鴨？幾時養成這個不良習慣？」

「不，牠是烤鴨。」R俏皮地笑了笑，回頭指一下身後的拉布拉多犬。

「噢，油雞、烤鴨，還欠乳豬，我明天送你一頭寵物豬。」

「別打岔。我們每次從Yman屋前經過，烤鴨總是蹲下，盯着那屋，不願走開。起初我不明白，後來想到牠本來是警犬，便跟何Sir通電話，問他烤鴨從前的職責。果然不出所料，烤鴨是頭緝毒犬。」

「哦，我明白了。烤鴨嗅出Yman屋內藏有毒品。」

「不錯，你看這張照片，我昨天拍的。」

我轉身接過R遞過來的照片，照片裏，Yman也是剛出門。

「又是這副裝扮，他沒衣服替換的嗎？」

「不是叫你看他，而是他居住的單位。」

「咦，從門望進去…… 屋內種滿植物，密密麻麻的……」

「留意最近門口那株植物。」

墨綠色的葉子呈爪狀，枝條密集，花苞細長分散，高約一米。「唔…… 那是大麻樹。如果屋裏所種的，全是大麻樹，他倒是個百萬富翁呢！真箇人不可以貌相。」

「整天放下門簾、窗簾，我相信他屋內裝置了太陽燈、抽風機等，好大量種植大麻樹。」R把Canon照相機擱在茶几上。

「我提議，簡單一點，打電話給何Sir，通知他來封屋拉人，送他一個立功的機會。」

「不行，要送就送一份大禮，感謝他助我領養烤鴨。那個Yman充其量不過是個負責種植大麻樹的小角色，背後相信還有龐大的販毒集團，種植地點亦不止一處；另外還有人負責製毒、包裝、分銷，甚至化整為零，把大麻走私到國外。所以，我先調查清楚集團的來龍去脈，再通知何Sir，讓他一舉把販毒集團連根拔起。」

「這些事情，警察也做得來，殺雞焉用牛刀？」我不以為然。

「反正我有空。」

「那麼，我如何替你效勞？」

「不用你動手。趁Yman外出散步，我算計該有十至十五分鐘的時間，可潛進他的屋內查探。你替我在外面把風。走！」R一邊束起頭髮，一邊跑出屋外。

難得她興致勃勃，我當然不會反對，她找點事情做，總勝過整天鬱悶在家。我聳聳肩頭，抓過放在鞋櫃頂的牽繩，扣在烤鴨的項圈上，拍拍牠的頸後，道：「烤鴨先生，我們散步去。」

拉布拉多犬隨即立正。

我牽着拉布拉多犬，走出R家，已見R假裝漫不經意地繞到Yman的門外，瞥一眼左右，沒人，迅速掏出百合匙，開門，閃進屋裏。雖然離職已久，但R的身手不見生疏。

我領着烤鴨先生，在附近閒逛。

路燈亮起，成羣飛蟲在暈黃的燈光前面打轉，飛得太近的，迅即給高熱炙斃，點點焦屍黏在燈罩上。到底，牠們可有意識到追光逐火是危險的玩意？

慘！Yman回來了。

十五分鐘轉眼便過，R怎還不出來？難道她在裏面發現了什麼重要的線索，捨不得離開？但，Yman返家察覺罪行曝光，一定告知同黨，那時不管取得的線索有多重要，只會變得毫無價值。R不可能不懂這個道理。

「嗨，不好意思。」我惟有硬着頭皮截住Yman，拖延一會，讓R有時間溜走。

「什…… 麼事？」Yman的口吃頗為嚴重。

近距離看清楚他的容貌，他的年紀該不逾四十。

「對不起，我的狗剛才好像在你的籬笆小便。放心，我待會拿桶水過來，替你沖洗乾淨。」幸虧烤鴨先生聽不懂，為了找話題，我誣陷牠隨處小便，實在不該。但，總不能說「我在籬笆小便吧」。我說不出口。

「不打…… 緊。我不…… 時也在…… 籬笆…… 小便……」

「嗄？」我不期然挪前兩步，儘量遠離他的籬笆，繼續在臉上堆起友善的笑容，道：「嘻，你是新搬來的？我從沒見過你。」

「不是，我…… 住了已有…… 一段日子。不過，我習…… 慣工作在晚…… 上，睡覺在…… 日間，甚少跟…… 鄰…… 居接觸。」

「你要開夜班？」我試着問。到目前為止，他除了口吃外，倒算有問必答，我不妨「打蛇隨棍上」。

「跟工作無⋯⋯關，我⋯⋯只是⋯⋯工作過晚，睡⋯⋯覺愈來⋯⋯愈遲，慢慢成了⋯⋯習慣。」

「你做盛行？」

「我⋯⋯研究植物，有毒性⋯⋯的。」

「好像，大痲樹？」我儘量以開玩笑的口吻發問。

「大痲⋯⋯我的確有一⋯⋯株。不過⋯⋯」他認真地吸一口氣，接着一口氣地說下去：「我還有許多珍品，例如，雲南箭毒木、印度海檬樹、南美月籽藤、英國紫杉；當然也包括本地四大毒草：斷腸草、羊角拗、曼陀羅、狹花馬錢⋯⋯」如數家珍。

「慢着，慢着，你說的都是劇毒植物。」

「對，劇毒⋯⋯無⋯⋯比。」

「統統在你家中種植？」我轉身，指着R進去查探的屋子，實在難以置信。

「我使⋯⋯人掘起⋯⋯客廳、睡房的⋯⋯柚木地板，裝置了⋯⋯太陽燈、抽風機、二氧化碳機⋯⋯植物…… 種滿一屋。」

R仍未出來，糟糕！我把烤鴨先生拴在籬笆上，轉身奔向Yman的大門。

「喂！你幹什麼？」Yman在後面高喊：「你不用又撞…… 又踢…… 我家的大門…… 我有鑰匙……」

我充耳不聞，一腳踹不開，用力再踹一記，大門「彭」地彈開，我跑進屋內。客廳果然種滿植物，少數認得，大部分從沒見過，高高低低，奇形怪狀，多半不是什麼好東西。

「R！」我趕快謹慎地穿過植物叢，往屋裏呼喊：「你在哪裏？」

「當心，不要碰非洲食人花！…… 哎呀！小心，別踩中馬來西亞捕蠅草……」Yman尾隨進來，在後面大呼小叫。

「R？」我探頭進廚房，裏面出奇地沒半株植物，鑊煲碗碟齊全，看來比較正常；仍不見R，沿走廊直進，兩旁牆壁攀滿有鉤刺的藤莖短葉植物，天花垂下一些不知名的藤蔓。客房一如客廳，宛若一個小型的熱帶雨林；也不見R，奇怪。她跑到哪裏？

「你到底找什麼？我家裏沒R，沒S，也沒T。」Yman抓住我的衣角，「你不好好解釋，我報警！」

「先召救護車吧。」我甩開Yman。

「嗄？」

「R……」我找到她了，在浴室裏。她坐在浴缸邊上，神情呆滯，兩頰紅如塗抹了一大盒胭脂，手裏拿着一朵嬌艷欲滴的大紅花，剛咬下大片花瓣，在口裏咀嚼。

一看就知道，R出了問題。

「R，不要吃這花，它可能有毒！」我走過去，拉住她的手，再伸手在她眼前晃動。她雙眼直愣愣的，全沒反應，不言不語。

「哎呀！」Yman在浴室門外發出淒厲的慘叫，「我的西藏紅花啊！一開花，就給你摘下來吃掉。」

「這花有毒嗎？」我回頭喝問。

「我不知道。」Yman一臉欲哭無淚。

「可惡！花是你栽的，你怎會不知道？」我暴跳如雷，使勁揪住他的衣領。

「我真的不知道。」他掙扎，糾纏之間，我的手背不覺觸及牆上有刺的植物；吃痛，出於本能反應，身子往後一縮，屁股又給洗臉盆旁邊的什麼東西刺了一記。我放開他，轉身一看，是一盆紫紅色的仙人掌。

「你這無聊的傢伙，種滿一屋鬼東西！」我手背的傷口冒出點點鮮血，屁股又痳又癢。

Yman側身走進浴室，提起座廁板，道：「你給亞馬遜河的瑪雅芒藤刺中，再過五秒鐘，便會嘔吐。吐在座廁裏，別弄污我的地方。」

「除了吐，還有什麼狀況？」我大驚。

「讓我想一想，再過半小時，該會腹瀉……」

「慢着慢着，你想這想那的，五秒鐘都過去了，我還安然無恙啊！」我張開兩手，「你別妖言惑眾了。」

「咦……」他前後打量我，「我明白了。你等我一會，別走開。」Yman快步閃出浴室，跑進睡房。

「你……」我拿他沒辦法，回身先從R手上移走紅花，再取出手提電話，跟嘉薰醫生通話：「喂，Gavin，R出了事，似乎中毒……」

「喂，我借給你，你攬住它。」Yman捧着一個污糟邋遢的「嚫模」攬枕，匆匆折返。

「又臭又髒，討厭，滾開！……噢，sorry，我不是罵你，Gavin……位置是R家的對面……」

「你不明白的。」Yman仍不死心，「你的屁股給撒哈拉沙漠的薩札仙人掌刺中，雖然中和了瑪雅芒藤的毒性，不會嘔吐，但會頭暈；不出五秒鐘之內，更可能不省人事。攬住它，不會跌傷。」

「算了吧，你不要再吹牛。我現在正正常常的，頭沒暈，眼沒花，手沒抖，腳沒……震……」

忽地，頭重腳輕，眼前一黑，一頭栽落地上……

3

「R——」

我猛然睜開眼睛，感覺像從夢魘驚醒過來。那個噩夢，依稀是R遇到危險，我來不及救援。至於什麼危險，卻記不起來。

「R睡了，在隔離病房裏。」左邊有人告訴我。

我歪頭望向左邊，那是露絲。

「阿Wing，望向這兒。」嘉薰醫生站在另一邊，舉起一支小電筒，照着我的眼睛，「向上望，對啦，再往下望；望左，望右。正常。」

「這是什麼地方……」話還沒完，我已認出這裏是特工基地的醫療室。

「讓我聽聽你的心、肺。」嘉薰醫生把小電筒插回口袋，拿起掛在頸上的聽診器。

我的記憶漸漸恢復過來，想起R中毒，馬上推開身上的毛毯，跳下牀，穿上鞋子。

「你去哪兒？」

「我要去看R。」

「不，你要留下來接受檢驗，以確定解毒完成。」嘉薰醫生口裏說不，身體卻向左挪，讓出去路。

反而露絲閃身攔在我身前，冷靜地說：「楚醫生還未確定R的情況，必須將她隔離。為她，為你，你要答應只能隔着玻璃牆看她，我才讓你過去。」

「好。」

露絲點點頭，為我開門。我邊走邊問與我並肩而行的嘉薰醫生：「Gavin，你們既能替我解毒，為什麼不替R解毒？」

「你的情況不同。我們知道你所中的毒，是瑪雅芒藤和薩札仙人掌，對症下藥，藥到毒除。至於R……」

「西藏紅花。Yman說過，那是西藏紅花，可是西藏……」我覺得不對勁。

跟在後面的露絲說道：「可是，西藏並不產紅花，因經西藏輸入，故人們俗稱為『藏紅花』。這花主要產自伊朗、西班牙、印度。這種紅花，不僅沒有毒性，還可作中藥；近年更有人拿它作美容材料。」

「對，以我所知，的確是這樣。」我斜眼瞧着嘉薰醫生，等待他的專業見解。

「R根本沒中毒。我和楚醫生⋯⋯都感棘手。」嘉薰醫生顯得有點尷尬，「楚醫生已詳細分析R吞吃的那朵紅花，發現它根本不是我們常見的西藏紅花。至於它的品種，有待查證。最重要的是，這花不含毒素。」

「可是，R何以變得癡癡呆呆？」

嘉薰醫生面露難色，無言以對。

露絲勸道：「按R目前的狀況，應沒性命危險，你給Gavin和楚醫生多一點時間，他們定會想出辦法來。」

說着，來到隔離病房前面，我的視線穿過又冷又厚的玻璃牆，瞧着躺在病牀上的R。她閉上雙眼，左右面頰紅暈稍退，如同熟睡了一般。

如果這裏不是病房，我或會以為她好夢正酣，像個睡公主。啊，如果她是睡公主，我但願自己是白馬王子——打敗壞蛋，推門進去，給她深情一吻，教她甦醒過來。

事實上，我不是王子，她也不是公主；然而，壞蛋這裏倒有一個。

「那個Yman在何處？」我咬着牙問。

「在盤問室裏。阿Ken正替他落口供。」

「盤問室……」我緊握拳頭，緩緩轉身，「那人不老實。我要親自審問他，嚴刑逼供，不容他裝蒜。」

「你用『不老實』來形容他，似乎並不合適。」嘉薰醫生不以為然。

「你們有所不知，我跟他在屋前的籬笆處交談時，他說話期期艾艾；進屋後，卻對答如流。分明有詐。」

「這情況可以解釋。他長期獨處，沒跟人交談。你在屋前截住他搭訕，他起初不習慣，因而表現得口齒不清。這點，心理醫生Dr. 蒙已經證實。」

「這…… 總之…… 我要見他就是……」

「露絲陪你過去吧。我回醫院找楚醫生，看看有沒有新進展。」嘉薰醫生拍拍我的肩，「別動氣啊。」

「待會見。」我大步流星似地直闖盤問室。

「阿Wing，我知道你非常惱恨Yman，但千萬不要衝動。」露絲追在我身後，「我調查過Yman的背境，他只是個植物癡，不是壞人。」

「他是植物癡動物癡，是好人壞人，我全不管。他害R變成植物人，我就不放過他。」

露絲在後面輕輕歎氣，不再答話。

拐了兩個彎，跑下一道樓梯，來到盤問室，隔着單向反光玻璃，只見阿Ken坐在Yman對面，頭垂得老低。

Yman仰臉朗聲嚷道：「你先回答我的問題，我才回答你的問題。這裏是什麼地方？一點都不像警局，你也不像警察。」

「請你……不要嚕唆……我最怕人嚕唆，我受不了，請你合作……」阿Ken低聲下氣。

「我會合作。只要你跟我合作，我自然跟你合作。我這人最講原則，又有超強的好奇心。你爽快地滿足我的好奇心，我保證老實回答，知無不言，言無不盡。

來，告訴我，你叫什麼名字？」

「我叫阿Ken……」

「混賬！成何體統！」我憋住滿肚子怨氣，立時爆發，一掌推開房門，跳進去，喝道：「我來告訴你！這裏確實不是警局，我們都不是警察，所以我們這裏沒律師，沒投訴，沒人權，只有暴力，喝——」我一記手刀，把枱角砍掉。

「嘩——」Yman愕住了。

我趨前一步，虛劈一掌，恐嚇道：「你不從實招供，下一掌，我砍往你的後頸，震斷你的脊柱，令你終生癱瘓，做一世植物人。」

「我說我說。性命攸關，原則可以放下，好奇心可以拋開。」Yman側過身子。

「敬酒不喝，活該！」阿Ken拍拍屁股，趁機溜掉。

我搬來另一張椅子，坐在Yman對面，直截了當地問：「如何化解那朵紅花的毒？」

「那朵紅花無毒。」

「胡說。」

「紅花的種子是二十幾年前，我一位Auntie把它從『西藏無人區』帶回香港來，她知道我喜歡古靈精怪的植物，後來便把種子送給我，說是稀有品種。誰不知那些種子……」

「說謊！」我大力「拍枱」，「西藏無人地帶寸草不生，怎可能有紅花種子？」

「那……我實在不知情。你不信，大可找我的Auntie問一下。」

「阿Wing，先讓他說下去。」尾隨進來的露絲按住我的肩頭，瞅着Yman道：「你好好交代清楚。」

「那些種子，品種罕見，極難栽種。足足十年，不知什麼原由，用過各種方法，總是長葉不結蕾，結蕾不開花，最終枯萎收場。你那位叫『R』的朋友摘的紅花，是來到最後一顆種子才培植出來的。傍晚我出外散步，那時看它還只結了一個指頭般的小花蕾，料不到我到外才十多分鐘，它竟然迅速開花，卻偏偏給你的R摘了。」

Yman一臉委屈。

「我姑且相信你沒說謊。」露絲保持一貫的心平氣和，「你的Auntie有沒有說過，紅花含有什麼毒素？」

「沒聽她說過。」

「我們要見她。」

「這個可難了。」Yman搖頭，「她四海為家，行蹤飄忽。我十多年沒見過她。」

「有沒有別的人知道她的下落？」

「唔，大約三年前，我遇到另一位Uncle，談起她，傳聞她在法國隱居避世。」

// 古堡隱祕

年輕冒險狂，魔杖巨藤護私隱；

冒牌、part-time轉戰峨嵋九十後……

1

Yman所說的Auntie姓夏。

我打了一張人情牌，託法國的情報人員調查她的背境。她隱居法國西部S鎮的一座小古堡裏，距離巴黎約三小時火車車程。按調查報告，她並無犯罪紀錄。

這位夏婆婆年輕時喜歡浪跡天涯，足跡遠達南極。1984年，她乘搭「順風貨車」進入西藏，途中穿越「無人區」，回港後寫了一本《西藏筆記》記載那段旅程。

Yman在口供裏說，紅花的種子是夏Auntie從西藏無人區帶回來，相信就是她在那段旅程找到的。

西藏無人區在西藏的西北部，面積約六十萬平方公里，平均海拔高五千米，傳說是個神祕、荒涼、恐怖的區域，除了高山、湖泊、草原、野生動物外，杳無人煙。

今天，隨着道路交通改善，人們又在區內發現豐富的礦產資源，西藏無人區當然已不再無人。即使在1980年代，根據《西藏筆記》所載，夏Auntie在無人區內碰見的人倒也不少，例如，友善的牧羊人請她喝酥油茶、吃羊肉。她筆下的牧羊少女，長得挺漂亮哩：

「十五、六歲的女孩，她有一張相當美麗的臉，長眉杏眼，黑髮於頭頂分界，先梳成了無數條細細的小辮，又在耳垂下合成兩條大麻花辮……她穿着一件用紅、黑、綠色氆氌做袍面的長皮襖，紅腰帶上繫着小鈴鈴；人影早已鑽出帳篷，叮叮噹噹的脆鈴聲卻癡纏青煙，在我們頭頂翩旋。」

不只文字，書內還附上照片，相中人有幾分似初出道時的女星楊紫瓊，證明夏Auntie所言不假。另外，女孩的哥哥揹着美式背包，腳蹬英國名牌鞋子，用品相當時髦，並不與世隔絕。所以，西藏無人區的所謂「無人、神祕、恐怖」，恐怕被人誇大了。

*　　*　　*

我在法航班機上，草草吃過午餐，靠着放下窗簾的舷窗，一面閱讀《西藏筆記》，一面隔着舷窗感受外面的日溫，想像西藏午後的陽光。讀畢整章〈無人區裏〉，只見夏Auntie當年記載的事物很多，包括野羊、野兔、野驢、烏鴉，黃色的台蘚、深邃的藍天、沼澤地、茸草地、鹽灘，以至騎白馬的牧人等等，但沒隻字提及紅花，或者紅花種子。是她記漏了？抑或故意不記？還是根本沒紅花？西藏不產紅花，卻說它來自西藏，是Yman杜撰出來的。那傢伙古古怪怪，全然相信他的口供，我始終有所保留。

我放下《西藏筆記》，睨一眼睡在旁邊的Yman。不，「睡」是敷衍空中小姐說的話，說得準確，該是「暈在我旁邊的Yman」。他暈厥，不是「暈機浪」，而是給我「打暈」。我為什麼打他？原因很簡單，他惹我煩厭。

Yman患上「交通工具恐懼症」，又是同一個心理醫生Dr. 蒙的報告。Dr. 蒙說，Yman長年足不出戶，久而久之，形成心理障礙，害怕乘坐交通工具。

要Yman坐汽車，倒還可以，他不過唇焦舌燥，心跳加速；乘飛機，簡直是發神經。三小時前，甫登上航機，他立即臉青唇白，額冒冷汗，便意頻頻。航機才剛在跑道上移動，他就一時說手腳麻痹，一時嚷要去小便，更一時呻吟要嘔吐⋯⋯我不勝其煩，乾脆一拳把他打暈。

押他到法國找夏Auntie，查明紅花的底蘊，給R對症下藥，是沒辦法中的辦法。嘉薰醫生一再肯定紅花沒毒，R目前的病況是昏睡不醒，原因不明；性命雖沒即時的危險，但人會昏睡多久，大家都不知道。

我當然不能眼巴巴地坐視R或睡一天，或一個星期、一個月，甚或長睡一年。我總要做點事。往法國走一趟，是我惟一想到而又可行的事。

最近，大家都忙透了。南韓軍艦懷疑遭北韓潛艇擊沉，朝鮮半島劍拔弩張；以色列士兵強登土耳其的人道救援船，殺死多名船員，中東局勢日漸緊張；車臣「黑寡婦」恐怖分子在莫斯科地鐵站發動自殺式襲擊，引爆身上的炸彈⋯⋯總之，全球動盪不安，阿漆、阿Ken、露絲、泰臣等都分身乏術。

想到自己已沒分擔同僚的工作，R的昏睡又不涉及公事，更不好意思反過來請他們幫忙，或者再動用法國特工的資源；而且，到法國找一個老人家問幾句話，不必勞師動眾。我打算獨自押Yman上路。

中午登機，上午北燕主動請纓。她問我三個問題，令我自覺力有不逮，遂甘心樂意讓她同行——

「你是女人嗎？」她問。

「當然不是。」

「你懂得跟女人溝通嗎？」

「有時不懂。」

「一個性格可能孤僻、行事可能乖張、心理可能不平衡的獨居老女人，你懂得跟她溝通嗎？」

我瞅瞅宅男Yman，想起物以類聚、家族遺傳等不良因素，不得不舉手投降。

北燕是full-time家庭主婦、part-time特工，她用家庭主婦的時間，陪伴我前往法國，只需向丈夫、兒女「告假」，手續簡單。她惟一的條件是我負擔她的來回頭等機票、五星級酒店食宿、零用錢。

北燕拔刀相助，我起初滿心感激，但當我們登了機安頓下來，我讀我的《西藏筆記》，北燕捧讀她的LV巴黎旗艦店夏季大減價的catalogue，還取出一張購物清單，核對貨品和價錢，那時我才明白── 她畢竟是個part-time。

「痛……我的頭……痛！……」Yman慢慢張開眼睛。

我無奈地搖頭，把《西藏筆記》放在膝蓋上，輕輕旋動左腕，舒活一下腕關節，以免在狹窄的座位之間，出左勾拳再擊昏他時，不慎弄傷自己。

「我在…… 什麼地方？」

「使不得，阿Wing。」北燕離開座位，出手攔阻，「你再重擊他的頭，我擔心他會變白癡。」

「不打頭，打哪個位置？」

「毋須使用暴力，包在我身上，我保證他安安靜靜地乘搭飛機。」

「嘎！我在飛機上！外面的是…… 白雲……」Yman清醒過來，情緒開始失控，「啊！引擎太吵了，我不坐飛機！……」

「不要看外面的白雲。看這個。」北燕回身從手袋裏取出一部ipod，啟動播放程式，還替Yman戴上耳機，「不要聽引擎噪音。聽這個。」

「噢。」Yman兩眼發直，盯着顯示屏，雙手握着ipod不放，自言自語：「如果還有…… 就太美妙……」

「當然，還有。」北燕按亮召喚空姐的燈號。

「他看什麼？」我狐疑地探頭過去，瞧瞧Yman手上的ipod。原來竟是加菲貓卡通！

「請問……」空姐來到北燕身旁，雙手按着膝蓋，稍微欠身，含笑地問：「是不是可以端過來了？」

「弄熱了？」

「對，已經弄熱了。」

「勞駕你拿過來。」

「請稍等。」空姐保持優雅的姿勢，快步走回機頭的工作間。

「你請她拿什麼？為什麼一齣卡通片可令他安靜下來？」

「是加菲貓卡通。別的無效。」北燕為Yman架起附在座椅上的折合式餐桌。

「食物來了，請慢用。」空姐折返，把一碟熱騰騰的番茄醬意大利麪放在Yman的餐桌上。

「意大利麪？」我丈八金剛摸不着頭腦。

「要用Del Monte牌番茄醬煮。別的牌子無效。」北燕張開餐巾，扣在Yman胸前，再把膠叉子塞進他的手裏，道：「慢慢吃，當心燙嘴。」

Yman一臉稱心滿意，邊看加菲貓卡通，邊吃番茄醬意大利麪。果然安安靜靜。

「你怎有這個本事？」我訝然，「實在⋯⋯太荒謬⋯⋯」

「我有做功課的。」北燕揚起嘴角，「我不會白吃白喝白坐飛機。」

「你做了什麼功課？」

「家訪囉。當你在R的病房團團轉時，我探訪過Yman的父母、兄姊、幼稚園老師、小學老師、中學老師、大學老師，還有家庭醫生。」

「吁——」我輕吹一聲口哨，登時對北燕另眼相看。

「我蒐集了許多資料。他自幼健康活潑，聰明伶俐。五歲那年害了一場大病。病愈後，不知怎地開始戀植物成癖。在公園裏，別的小朋友玩滑梯、鞦韆，他則蹲在花圃前面，看一整天花草。上小學，一直偏愛與植物有關的科目……」

「夠啦夠啦，他的事情我沒興趣。接下來的幾天，你全程料理他吧。現在我只關心R的安危。」

「你與R不是已經分手麼？」北燕以試探的口吻問。

「分手亦是朋友嘛。她躺在醫院裏，羣醫束手。作為朋友，我不能坐視不顧。」

「真的？只為友情，這樣簡單？」北燕投以懷疑的目光。

「假的。」真人面前不說假話，我苦笑，從實招來，「我其實愛她。她若遭遇不測，我會很傷心。」

「算你老實，不枉我出手相助。」她舉起拳頭。

「謝謝。」我也舉起拳頭，在Yman頭頂，跟她的拳頭互碰一下，彼此心照不宣。之後，她返回座位，繼續看LV catalogue，Yman繼續看加菲貓卡通，我繼續看《西藏筆記》，各看各的，互不干涉。

*　　*　　*

年輕時的夏Auntie，任性非常，好像家裏的椅子全遭人唸了咒，都長滿倒鉤，坐不下，整天要往外面跑。一個女子跑到西藏，觀看天葬。所謂「天葬」，是將屍體的肉一片片削下餵鷹，血淋淋的，有啥好看？她總該有家人，有男朋友。家人不擔心麼？男朋友不擔心麼？如果我是她的男朋友，一定急得發瘋。

實在太荒謬。

我第三趟在航機上放下《西藏筆記》，揉揉眼皮，瞅瞅身旁的Yman，意大利麪吃光了，唇邊沾滿番茄醬。紅紅的番茄醬，令人聯想到天葬的血淋淋。Yman當然沒此聯想，他正全神貫注地看卡通。用加菲貓卡通＋意大利麪來治療交通工具恐懼症？真荒謬！

再看北燕，她還拿着那幾頁catalogue，翻來覆去，看得津津有味。這種千方百計節省家用，往名店「血拚」的女人，除擔心信用卡超支外，跟往西藏冒險的女人相比，不錯為家人帶來較少的折磨。試想這些冒險狂今天往無人區，明天闖紅番區，古怪行徑層出不窮，親人能不為她們的安全天天提心吊膽嗎？不啻是一種折磨。

然而，有這種女人，就有為她們提心吊膽的男人。人生就是充滿各式各樣的荒謬。《異鄉人》的作者卡繆（Albert Camus）曾說：「正因為人生荒謬，故此更該正視人生，活下去。」

放馬過來吧，荒謬！

2

航機順利降落巴黎戴高樂國際機場，我硬起心腸，領北燕和Yman直接前往火車站。如果路程安排，容讓北燕經過名店林立的香榭麗舍大道，我擔心她會中途跳車，抓住LV的店門把手，死也不放。

三小時的火車車程很順利，有加菲貓卡通，Yman安靜地坐在門窗緊緊關上、密封的車廂裏，完全自我封閉，對車窗外的景物，沒瞧一眼。

離巴黎愈遠，北燕愈顯得沒精打采，雙手托着下巴，時而打盹，時而瞄瞄車窗外面，一聲不吭的。Catalogue隨意散在身旁的座椅上，再沒瞧一眼，她大概已看得滾瓜爛熟了。

下了火車，向車站職員詢問路徑，他很熱心，提議我們乘搭送牛奶的順風貨車。我們坐在開篷車斗之上。貨車一路在荒涼的公路上行駛，沿途多見樹木，少見人煙。

同樣免費搭便車，我們較夏Auntie當年進入西藏無人地帶，寫意多了。大約半小時過去，司機在一條小支路旁停下，讓我們下車，還耐心地指示我們該如何往前走。其實路只得一條，沿路直走就行了。

步行約二十分鐘，古堡的歌德式尖頂於雜花老樹叢中若隱若現，我不期然地加快腳步。Yman一路拈花惹草，走走停停，若非北燕不住催促，他們恐怕連我的背影也看不到。

沿着泥路拐了幾個彎，整座古堡就出現眼前。古堡座落茂林之中，由三組相連的建築物構成，呈U形。放眼過去，古堡四周盡是花香樹影，蟬鳴鳥噪，一片油油綠意。遠遠看見古堡外圍的莊園鐵閘，我想起柳木下的一段詩：

沒有不謝的花
但有常綠的葉
沒有不死的生命
但有永恆的精誠
沒有長圓的月
但有不變的情
你說得不錯！
「世事不能全，月有陰晴缺」

但有人告訴我：

「不經過辛苦而摘下的果子是不甜的」

所以雖然愛的扉仍緊閉

但這癡心的人絕不後悔

他將永遠地永遠地

站在冰冷的門外

期待！

期待！

紅花的祕密，我期待着發現。R，我一定會為你尋到答案。

突然，腳底發出「嚓喳」聲響，我猛地驚覺不妥，從詩意、思念之中回過神來，原來泥路已落在身後，足下已走過一段粗石卵路。這路一直往前伸展至古堡的主座去。

主座與圍欄之間，是一個偌大的莊園，園裏栽滿足以令Yman在此消磨一生的植物。鐵欄上攀附着的藤本植物既粗又長，粗如碗口，長達數米；而石卵路兩旁，高大的杉木又排列成行，茂密的枝葉被風吹得窸窣作響。路鋪設這種粗石卵子，除了美觀，還有預警作用：通知堡主，有人來了。不管來人的腳步多輕，一踩上石卵，總令石卵受壓，互相磨擦，產生聲響。

我警覺地放慢腳步。

就在此時，閘前樹後，轉出一個女人，手執掃帚，似要清掃閘前的落葉。那女人五十多歲，剪了一個冬菇頭，一層整齊的劉海厚厚地蓋住眉毛；鼻樑上架着一副不知哪裏還可買到的古老粗框大眼鏡；身穿湖水綠碎黃花長裙，樣子相當和善。我走近招呼道：「嗨，不好意思……」

背後響起「嚓喳」跫音，北燕和Yman也來到了，只是Yman頻頻回首看他的奇花異草。

「我想找一位姓夏的……」

「你們三個，終於來了。」

「咦？」我呆了一呆，聽那冬菇頭大眼鏡女人的語氣，似乎她早知我們會來，而且還是三人同來。

「去死吧！」冬菇頭大眼鏡忽地把掃帚倒轉。

銀光閃閃，三枚銀針自掃帚柄射出，朝我們三人而來。暗器，我不放在眼內，只擔心銀針帶毒，便用指甲一彈，把射向我的那枚銀光彈歪，順勢將攻擊Yman的銀針撞落。

至於北燕，我相信她有能力自保。果然，她嬌叱一聲，拗腰往後，生硬地使個「拱橋」，及時避過銀針。遺憾的是，北燕上一趟做相同的動作，已是五年前的事。如今她腰硬腿弱，仰後弓了腰，竟站不起來，還丟臉地呼喊：「阿Wing…… 幫個忙…… 腰骨不成……」

冬菇頭大眼鏡偷襲不成，立即奔過鐵閘，竄進裏面。莊園種滿花花草草，她又一身綠色，一鑽進去，猶如披上一層保護色。我恍然大悟，原來她早有預謀迎敵。

區區一個女人，區區幾枚銀針，區區一堆花草，難道我怕你不成！我喝道：「Yman，你扶起北燕，一同在閘外等我。我進去把那女人揪出來。」說罷一個箭步，搶進花園裏去。

3

我一踏進莊園裏，旋即暗叫不妙。冬菇頭大眼鏡已不知所終；四下的花草樹木看似雜亂無章，但亂中有序，布局奇特，暗藏殺機，去路似通不通，歧路似有還無。望古堡直跑嗎？跑不了三步，總有大樹擋路，繞過兩、三株，似乎又回到原處。

回望莊園入口，Yman扶着北燕站在閘邊焦急地指手畫腳，接着聽見北燕大叫：「阿Wing，你為什麼停下來發呆？那個女人就在你右邊五步那兒，還不過去捉拿她？」

我眼觀右路，五步之處，只有一株不高不矮的無花果樹，樹幹不壯，枝葉不旺，樹後、樹上均難以藏身。

「是你眼花，還是我眼瞎？……」我再回頭，嚇得毛骨悚然。兩根綠色的巨藤像巨蟒捕食一般，沿着鐵欄底部，從左右兩側，急速「爬」向北燕和Yman。兩人還懵然不覺。

「當心！腳邊——」

話還未說完，Yman的左腳已給巨藤纏着。北燕驚呼一聲，強忍腰痛，馬上躍開，待要俯身拔槍，右側的巨藤如影隨形地追纏過去，一勾一捲，裹住北燕，把她卡在圍欄間。Yman的情況亦一樣，也給巨藤纏得緊緊，栽倒地上。

兩人活像茶市早點的「鴨腳紮」，二人不同之處，在於北燕給嚇得臉無人色，Yman則對藤蔓興致勃勃。大禍臨頭，Yman仍不知死活，研究身上的怪物。

我慌忙趕過去營救，才跑了兩步，忽覺腳跟後方沙沙作響，低頭，又一根巨藤不知從何處冒出來，離我的腳跟只有三厘米，昂起尖削的末梢，正要往我的足踝捲來。

我大吃一驚，急急躍高，沒給它掃中。但當我升至最高點、身子往下墜落時，巨藤仿如長了眼睛，竟溜到我即將着地之處，盤曲藤莖，擺成一個圈套，等待我掉進去。

這些古怪植物是什麼鬼東西？無法可施！我決不能

自投圈套，敗在這些低等生物手裏；危急之際，非使出生平絕學不可——

我猛吸一口氣，一記「劈空掌」隔空拍擊地面，藉着地面反震回去的力度，身子反彈而起，借勢施展「梯雲縱」輕功，人能升多高就多高；一則提防巨藤躍彈撲來，二則可從高處細看周遭形勢。但一看之下，又是一驚，原來莊園的草木布局，竟是一面「太極圖」！

驀地，銀光炫目，自那棵無花果樹由下而上地散發過來。料想是銀針來襲。那婆娘真毒辣！我身在半空，毫無憑藉，也沒法閃躲，換上別人，定給銀針射中。然而，我阿Wing是高手中的高手，怎會輕易中招？人急智生，我解下背包，往身前一擋——

「颼——颼——颼——」

背包連中三針。

我順勢將背包扔給那擺成圈套的巨藤。巨藤觸物即捲，把背包裹成另一件鴨腳紮。

太極圖的設計簡單，左右兩方各是一大個逗點，陰陽相對；居中的通道呈S形，以鐵閘為起點，拐兩個弧旋，一直延至古堡主座。按此布局推算，在這條S形通道上行走，應當暢通無阻。我着地，隨手抓來一顆石子，望那株無花果樹打去；不管對方是樹是人，它用銀針射我，我還它一顆石子。

「啪——」無花果樹竟以橫椏擋格，把我的石子撥開。只道今天碰到的怪事實在太多，無花果樹能發暗器、擋暗器，已教我見怪不怪。

既已鎖定敵人，自當分個勝負。我腳踏S形通道，欺身而上，掄起雙拳，把樹當作練習詠春拳的木人樁，動也好，不動也好，照打可也。

當我的第一拳快要擊中樹身，一根枝椏又急從旁掃出，拳頭撞樹枝——

「錚——」

那不是木，是金屬；那不是樹枝，是掃帚。

冬菇頭大眼鏡手持鐵掃帚，不知從無花果樹哪處閃出，接了我一招。

「現身了吧。」我躍後擺開「問手」架勢，喝問：「你到底是人是妖？」

「隱居人在此隱居，人也好，妖也好，與你何干？你膽敢來惹我，我就要你來得去不得。」冬菇頭大眼鏡揮舞掃帚，打出一路「瘋魔杖法」，發瘋似地向我進攻，招招取命。

一寸長，一寸強，她以鐵掃帚作武器，兼且杖法狠辣；我只有肉掌一雙，又忌憚她的銀針，對拆數招，已顯得左支右絀，高下之勢立見。我惟有見招拆招，且戰且退。

冬菇頭大眼鏡得勢不饒人，一路緊迫過來。很明顯，她施計強使我離開S形通道，好掉進巨藤陷阱。我當然不讓她的奸計得逞。快要退到鐵閘，北燕和Yman兩件鴨腳紮仍在那兒動彈不得。

我看準方位，突然變招，先使一式「長河落日」，再接「翻江倒海」，以兩記大開大闔的招式進攻，迫使冬菇頭大眼鏡往後退。掙得寶貴的一秒鐘，一個筋斗，滾到北燕身旁，摸着繫在她右足踝的槍套，拔出她的P229手槍，翻身擎槍對準敵人的冬菇頭。

形勢頓時逆轉。子彈的殺傷力遠超銀針，冬菇頭大眼鏡自知大勢已去，孤注一擲，把鐵掃帚擲過來，然後撲進左側的雛菊叢裏。我側身避開鐵掃帚，朝雛菊叢連放三槍。

「砰——砰——砰——」

槍聲響過，黃花綠葉於硝煙之中紛紛墜墜。

似乎三彈盡都落空，給她逃脫。

窮寇莫追，我回身向纏着北燕和Yman的巨藤各轟一槍，解放那兩件鴨腳紮。Yman重獲自由，仍拿着一截粗藤反覆細看，喃喃道：「從沒見過這品種……奇怪啊！好珍貴……罕有……」真箇死性不改。

我把手槍拋還給北燕，用腳尖踢起冬菇頭大眼鏡遺下的鐵掃帚，握在手裏，想到無故遭她暗算，餘怒未消，罵道：「豈有此理！臭婆娘，你懂瘋魔杖法，我也有一手呢！」

「阿Wing，你想作什麼？」北燕問。

「打爛臭婆娘的臭花臭草，破她的陣法。」

「那女人武功怪異，又在夏Auntie的古堡出現，身分似乎不簡單。你冷靜一點，先問個明白。」

「我本來客客氣氣，向她詢問，她卻無緣無故地向我們發射銀針，幾乎要了你的命。」我一揮鐵掃帚，「蓬」地把那叢雛菊掃個稀巴爛，還是按不住惱火。「問，我一定會問；但，不揪她出來，如何問？」

說罷，跨出前弓後箭步，舞動鐵掃帚，亂打瘋砍，掃帚過處，花毀草斷，藤折樹塌，所向披靡。北燕在後頭勸止，但我打得痛快，充耳不聞。

就在我打折第四棵松樹之後——

「住手！」

冬菇頭大眼鏡終於現身，她從另一棵無花果樹後跳出，氣得嘴唇顫動，鼻翼鼓張，火氣十足。如果在她鼻孔前擦亮火柴，她噴出的怒氣說不定能引燃成兩道火舌。

「臭小子，你毀我十年心血！我這些花草，全是稀有品種，難尋難栽……」

「對呀！夏Auntie，這園裏全是珍品。」Yman跑上前。

「糟！她真是夏Auntie……」北燕靠過來低聲說：「你毀她花草，惹她生氣，她可能因此不告知你紅花的祕密。」

「我……」我不禁為自己的魯莽感到後悔。

「你是誰？」冬菇頭大眼鏡托托眼鏡，詫異地上下打量Yman。

「我是Yman。」

「Yman？不錯，我認識一個Yman，他當年還是個小孩，我最記得……」

「我長大了，別老記住我還小的時候。你倒還是從前那個模樣，我一眼就認出來了。我本想叫你，卻給巨藤纏住。」

「你真是Yman？」

「真的。你看。」北燕悄悄從地上撿起一串鈴蘭花，拈在指間，移步Yman左側，指頭一彈，鈴蘭花從左到右掠過Yman眼前，飄落右方的草坪上。Yman即時像頭哈巴狗追咬塑膠飛盤一般，飛撲過去，接着鈴蘭花。

「啊！真是你，小花癡！」冬菇頭大眼鏡呵呵大笑，上前拉起Yman，「你長大成人啦！」

「夏前輩，我叫北燕，他是阿Wing。我們都是Yman的朋友。剛才一場誤會，請多多包涵。」

「什麼前輩、Auntie？我不是七老八十。你們叫我Chit吧。」

「前輩，適才冒犯，請你原諒。」我雙手奉還鐵掃帚，「毀你花草，我雙倍賠償。」

Chit瞄我一眼，接過鐵掃帚，答道：「花草身外物，毀掉可以再種，不傷人命，已屬萬幸。」

「我留下來，幫忙栽植和修補。」Yman興致勃勃，「不管留多久，都沒問題。」

「阿Wing，你的功夫不壞。我們未分勝負，改天再切磋。」Chit抖動鐵掃帚，「也不能怪責你，是我偷襲在先。不過，我不知來者是Yman。我聽說敵人強橫，若不先發制人，恐怕後發制於人。」

「什麼敵人？」我追問：「前輩的意思是……」

「Chit——」Chit橫我一眼，鄭重地糾正。

「是，Chit……」

「你想知道什麼一回事嘛，說來話長，我們進屋裏坐下，喝杯紅酒，慢慢詳談。」

「也好。」化敵為友，我求之不得。看Chit的態度，似不把剛才的誤會放在心上。這人也頗爽快，可見到處遊歷的人，見多識廣，胸懷廣闊。

她挽着Yman的手，沿S形通道，穿越莊園。我和北燕跟在後面。

「你為什麼突然找我？」Chit問Yman。

「為了西藏紅花。你從前送給我的種子，我不斷失敗又不斷改良，試種了十多年；前幾天終於成功開出紅花，卻給阿Wing的女朋友R吃掉。之後，R昏睡不醒。」

「所以，你們就來法國找我，查問紅花的來歷，希望把她救醒過來。」

「就是這樣。」

「那些種子，恐怕是二十多年前的事了，我有點印象…… 原來開出來的花是紅的…… 要翻查我的西藏筆記，才可以肯定。」

「我已讀過你的《西藏筆記》，卻找不到頭緒。」我在後面插口：「書內沒提及紅花。」

「嘻，我指的西藏筆記，不是你在書店可以買到的那個版本。」

「另有一本西藏筆記？」

「我到外地旅遊，總會隨身帶備筆記簿，沿途記錄風土民情。我後來寫書出版，資料全來自筆記簿所載；不過不方便公開的資料，卻也不少。」

「哦，原來是這樣。如今你的西藏筆記簿在哪裏？」

「沒記錯的話，它在古堡內某個角落。舊東西，我多的是，倒要花時間找一找。」說時，我們走上麻石台階，Chit欲伸手推門，卻停下來，握住門拉手，回頭問：「對啦，Yman，我們久沒聯絡，我從沒告訴你住在法國，你如何找到這裏？」

Yman聳聳肩頭，一臉無奈地回答：「是他們帶我來的。」

Chit慢慢轉過身來，盯着我和北燕，目光充滿戒懼。

「是我託朋友打聽你的住處。」我儘量輕描淡寫。

「你的朋友是法國情報人員？」

「嗯。」事實已不容我否認。

4

「唉！」Chit歎一口氣，推開橡木雕花大門，「進來再談吧。」

進門是一道拱頂歌德式門廊，客廳入口置了一個不知是誰的半身石膏雕像。從翅狀人像的門框下穿過，我們來到一個寬敞的客廳，迎面是一座以花飾、小鳥、紀念杯、貝殼、瓷碟作裝飾的大理石壁爐，壁爐裏沒柴沒灰，已很久沒生火；爐頂牆上掛着一幅不知是誰畫的、也不知畫什麼的抽象派油畫。

「別坐到左邊去。左邊屋角住了一窩蝙蝠，間中有蝙蝠糞掉下。我不希望你們中頭獎。」

「哦。」我們同應一聲，非常合作地移步客廳右側。右側離窗子較遠，陽光沒照及的角落，顯得有點昏暗。這兒的桌椅家具全是木製，用橄欖油上漆，椅背、椅腳和靠手刻工精細，五十年前該相當華麗。我選了一張看起來相當堅實的高背靠椅，坐下，椅子的確堅實，就連墨綠色的真皮椅墊也挺結實，跟板凳沒兩樣。

「嘩！」對面的北燕從椅上彈起。

怎麼？不習慣硬椅墊嗎？也不用彈起來那麼誇張。

「唬⋯⋯喵⋯⋯」一隻黑貓在北燕屁股旁邊曲背跳起，幾乎碰跌茶几上一隻釉彩花瓶。

人和貓都受驚。

黑貓尾巴的粗毛直豎，逃上橡木單旋樓梯，不見了。

「噢，不好意思。」Chit從玻璃櫃裏拿出一瓶紅酒，吃吃地笑道：「牠是小黑，喜歡睡在那張椅上。我忘記提醒你們，對不起。」

「不打緊。」北燕手按胸口，仔細檢查另一張椅子，確定椅上沒異物，才安心坐下。

「桌上的杯子都乾淨。Yman代我招待阿Wing和北燕，替他們斟酒，我拿芝士去……」

「Chit，不用客氣。」我按住Yman，「酒，晚一步才喝。」回頭又跟Chit說：「你不如先把那本西藏筆記簿找出來吧。」

「你們香港人，真心急。身處浪漫法國，應該放緩腳步，學習人家享受閒情逸致。」

R還在香港昏睡不醒，我何來心情享受閒情逸致？

就在此時——

「嚓……喳……」

外面，有人在粗石卵路上走動，而且不止一人。

「夏前輩，晚輩峨嵋弟子畢小玉、少林弟子畢大鵬、武當弟子畢二虎，求見——」喊聲自莊園以外傳來，聲音嬌滴滴的，說話的是個年輕女子。雖是嬌滴滴，但叫人感覺到這女子內力不弱。

Chit冷笑一聲，說：「敵人終於來啦。」

「他們是什麼人？」Yman擔憂地問。

「不曉得。」Chit走到朝着前園那面高而狹的窗子旁邊，「我年輕時四處闖蕩，耳聞目睹許多屬於絕密的材料，也找到許多罕有的東西，所以，不少人打我的主意。現在年紀大了，沒心情、沒氣力跟這些人糾纏，便隱居在此。阿Wing，你的情報界朋友追查我的下落，過程卻沒加密處理。結果，多天以來，我的資料在互聯網上傳來傳去。昨天，巴黎的幫會朋友告知，來了兩男一女的華人，拿着我的地址，來意不善。我今天一見你們，以為是他們，於是先下手為強。」

「夏前輩，你若不賞臉接見，休怪晚輩無禮。」外面的敵人發出最後通牒。

「明白了！」我一拍椅子的靠手，霍然站起，「敵人因我而來，我替你打發他們。北燕——」

「係。」

「找一處制高點。」

「可是……」北燕面露難色。

「西翼三樓套房的窗子可以俯覽整個前園。」Chit瞟一眼北燕手上的P229，「套房牆上掛了幾根打獵用的來福槍，款式雖然舊了一點，但性能不錯，可以一用。」

我拍拍雙手，道：「Okay, go, go, go.」

Yman怯生生地舉起一半右手，問：「我可以幫什麼忙？」

「你什麼也不用做，坐在一角，喝杯紅酒。你亦一樣，Chit，跟Yman一起，不要露面。我自有退敵之策。」

我邊說邊跑出屋外，經過門廊近入口處，瞄了瞄雜物架，抓過架上的圍裙、抹布、雞毛帚，把抹布搭上肩頭，雞毛帚插進後衣領裏，繫上圍裙，再把頭髮撥亂，準備妥當，才拉開橡木雕花大門，跨出麻石台階。

但見一女兩男站在台階下。

由於太極圖陣已被我破毀，他們穿越布局不再古怪的花園，變得毫不困難。

三人都是十五六歲、單眼皮的少年人。他們本來外貌尋常，在假日的旺角街頭，你隨時遇見十個八個這樣的中學生。不過，當這三個少年人走在一起，就變得不尋常：因為三人的相貌一模一樣，看來是三胞胎；且全穿上白色Nike籃球鞋、深藍色牛仔連身褲、淺褐色圓領T恤，手裏都挽着一個黑色的巨型旅行袋。

少女站在中央，少男分站左右。三胞胎一看見我，臉上掠過一陣詫異的神色。那一臉稚氣的少女，拘謹地說：「我是畢小玉，他們是家兄大鵬和二虎。敢問閣下高姓大名？」

「我？我是這座古堡的管家。無名小卒。」

「你家主人呢？」聽見我是管家，三胞胎互相交換眼色，神態變得輕鬆。

「她嘛，出外旅遊，也不知何年何月何日回來？」

「真可惜！我們好不容易來到這裏，進內參觀，可不可以？」畢小玉口裏雖問「可不可以」，右腳已踏上石級。

「等一等。主人吩咐，她不在家，不接待客人。三位請回。」我從背後抽出雞毛帚。

「嘖嘖，管家大叔，你以為憑一枝雞毛帚，就可以把我們拒諸門外麼？」

「什麼大叔？我的年紀不比你大許多。」我相信自己一臉窘態。

「我們是『九十後』；而你，不似『八十後』。如果我稱你作『哥哥』，擔心你會臉紅呢！」畢小玉俏皮地說。

「哼！廢話少說，有本事就露兩手。」我火了。

「好，就讓你看看我們的本事。」畢小玉拉開旅行袋，探手入內。

她是峨嵋弟子，體形高䠷，動作伶俐，這個年紀，峨嵋「清風劍法」該略有小成，旅行袋裏的，一定是一柄長劍。我拿雞毛帚作點穴棒，以棒對劍，要打敗她，應該不難。

可是——

她竟取出一根5.56mm口徑Minimi輕機槍！

她兩個啞巴一樣的兄長分別從旅行袋裏取出7.62mm口徑MK43機槍，以及5.56mm口徑G36KV3機槍。

「什麼？」對方火力強勁，我看傻了眼，額頭冒出滴滴冷汗，汗沿着鼻樑流至鼻尖，搖搖欲墜。「你們……不是少林、武當、峨嵋弟子嗎？你們的本事應該是伏虎刀法、兩儀劍法、清風劍法……」

「大叔，現在是二十一世紀啦。」畢小玉「格」地笑了一聲，「咔」一下把子彈推上槍膛，「刀劍棍棒，怎及得上機槍！」

我從肩頭拉下抹布，擦淨鼻尖、額頭的冷汗，邊擦邊退後，直至背靠門旁的石柱，退無可退，才穩住腳步。

「大叔，你若不讓路，我就開槍射你。放心，我會射你的心臟。我用的子彈穿透力極強，我保證，你還未覺痛，已經斷氣。」畢小玉扛起輕機槍，再開步登上石級。

「等一等。」

「唉！你真固執。」畢小玉舉槍瞄準，「我一向敬佩固執的人。我會懷念你。」

「在古堡裏，還有三個人，他們現在藏身三個不同的制高點，各自拿着Wilk狙擊槍，正用Leupold 4.5-14x50光學瞄準鏡，對準你們的腦袋。」信口雌黃是我的強項，「你們的火力雖強，但我的狙擊手眼界一流，一彈足以取你性命。我保證，你們誰都沒機會放一槍。」

三胞胎將信將疑地抬頭，掃視古堡周圍。

「不用看了，這座古堡設計獨特，闢有好些隱閉的箭眼、槍眼，易守難攻。你們在三枝射程一千八百米的狙擊槍底下，就像陽光下的雀斑，一點都躲不了。」

「你胡扯什麼？狙擊槍？休想嚇唬我們。」畢小玉嗔道。

「那麼，試試看吧。」我用雞毛帚指着畢小玉，信心十足地喊：「北燕！ Fire ！」

「砰——」

「啪——」

「啊⋯⋯嗚⋯⋯」

「乞——噎——」

（眾人無語）

「哈哈⋯⋯」

到底發生了什麼事？

以上的荒謬情況，我可以解釋。

先前，我信心十足，用雞毛帚指着畢小玉，示意北燕放冷槍唬她，或射她的Minimi槍管，或射她的腳邊，總之嚇她一跳，給他們施個下馬威，令他們知難而退。以北燕的槍法，毫無難度。

冷槍，北燕不錯放了，也嚇了他們一跳；但，更嚇了我一大大大跳——她射中我的雞毛帚。雞毛帚脫手飛得老遠。那半聲「啊」是我喊的，不過，我絕不能顯露一絲驚恐，以示北燕依我的計劃，射中目標。我拚命咬住抹布，不讓自己尖叫，故發出另外半聲「嗚」。

至於「乞嚏」，共三聲，是畢氏三胞胎打的噴嚏。他們打噴嚏，不是因為着涼，而是北燕把雞毛帚轟散，引致雞毛亂飛；卻又非常湊巧，一人兩根，射進他們的鼻孔。

噴嚏過後，我們四人都默然不語。

我猜不透他們想什麼，可能這就是我跟九十後存着代溝，思想嚴重分歧。他們或許震驚，或許尷尬，或許憤怒，我不曉得。畢竟，少年人的心理素質較弱、EQ較低、應變能力較差。

我不該取笑他們。譏笑會傷害他們的心靈，影響成長。可是，他們臉上的六行鼻涕，最終還是令我按捺不住，捧腹大笑。我不是故意的。

畢氏三胞胎丟下一句「We will be back！」便悻悻然離去。

III 奪寶謊言

正氣無畏禿幫AK47，

碎謊言，光影智能抵死傳真……

1

「北燕槍法如神，不愧巾幗英雄。我當時站在她旁邊，距離那麼遠，那雞毛帚就像竹籤一般細小，她一槍就射中。」Chit豎起大拇指，「佩服，佩服。」

「謬讚，謬讚。」北燕的笑容有點尷尬。

「對呀，我以為只有玩online game CSO，才出現類似的百步穿楊效果。北燕姐，你把我由虛擬世界帶回現實。」Yman心悅誠服。

「哪裏，哪裏。」北燕的笑容變得僵硬。

「你們兩個，一個老花，一個近視，少見多怪；更難命中的目標，北燕亦不放在眼內。」我從爛雞毛帚上拔掉一根只剩下半截的雞毛，說：「不過，下次，你射我的雞毛帚，請事前通知一聲，讓我有些心理準備。」

「其實…… 我……」北燕臉紅耳赤，頭垂得低低，聲音細若蚊鳴：「其實我…… 要射畢小玉的鞋尖……」

「嗄！」我盯着雞毛帚中彈之處，心底發毛。

「你們看，這來福槍已是我從套房裏挑來最好的了，只是瞄準器缺了一塊玻璃，準星又崩了一角。我正要瞄準目標時，那黑貓又在我兩腿之間不停打8字，騷擾我。我射歪了，你也不能怪我。」

「Chit，你可說過來福槍的性能不錯！」我扔掉雞毛帚。

「我說的『不錯』，並非指『完美』。子彈射得出，射得遠，射得中，已經不錯啦。我說得不對嗎？」

「那，怎麼辦？倘若畢氏兄妹回來，我們的火力遠遠落後……」Yman慌張起來，「Chit，你那些巨藤還會把人綑起來嗎？」

「巨藤得配合太極圖陣，方能發揮威力。」Chit白我一眼，責怪我先前毀她的草木。

「算了吧，也不能全怪阿Wing。再說，他們挺着三枝機槍，不消三分鐘，便可掃平你的莊園。」北燕說句公道話：「你的太極圖陣擋不住他們。」

「現實生活，跟武俠小說世界，是兩碼子的事。」我補充一句：「更重要的是，畢氏三胞胎不會回來。」

「他們明明說we will be back，距離雖遠，但我沒聽錯。」Yman聽不懂我的話。

「They want to be back but I am afraid they cannot make it！」我晃了晃手裏的手提電話，「我已把畢氏三胞胎的資料傳送給法國的反恐部門。光是他們三枝機槍，足以構成恐怖襲擊威脅。不出兩小時，他們一定落網。」

「話雖如此，但威脅未除。」北燕歎道。

Yman急問：「還有什麼威脅？」

「拘捕了畢氏兄妹，可能還有曹氏父子、武氏兄弟、趙氏孤兒之類，携着更多、更利害的武器，即將殺到。Chit不是說過，打她主意的人甚多。」北燕並非危言聳聽。

「哎呀！有道理，一言驚醒夢中人。我要找出家傳之寶迎敵啊！」

「Chit，我希望你先把西藏筆記找出來。」

「一併找吧，反正它們該在東翼的書房裏。」Chit轉身跑出客廳，「事不宜遲，走。」

「什麼家傳之寶？」Yman挺感興趣，追在後面，「是不是食人花？噬人芭蕉？」

「不。那是一柄寶劍。」

我和北燕不禁搖頭歎息。寶劍，不管多鋒利，連劍氣也計算在內，攻擊範圍不逾五米；而機槍的射程動輒千米。不論你的劍法、身法、步法如何精奇，在劍尖或劍氣所及以外，你根本沒機會傷敵人一根毫毛。相反，對方一扣下扳機，你馬上中槍倒地。還是那句老話，武俠小說世界的事物，不能照單全收，搬至現實生活。

Chit大概隱居太久。

2

與其說是書房，不如改稱「雜物房」，更加貼切。

根據原來的格局，東翼三樓的書房，本是個雅致的藏書和閱讀的好地方。一個三長、兩短組合的古典沙發，維多利亞時代的英國貨，置於書房中央，給圍成一個橢圓形的閱讀區。沙發與沙發之間，配了意大利大理石桌面的茶几，茶几上都擺放着一盞有古銅燈座的枱燈。閱讀中心區，鋪上一塊手編的波斯地氈，地氈上排列着兩行靠墊。你不想坐沙發嗎？可以坐到地氈上來，抱着或靠着墊子看書，同樣舒適。

書，這裏多的是。除了窗台用不上，所有牆壁都架起高及天花的桃花心木書架，書架附設可以左推右移的活動長梯，方便爬到高處取書。

眼前的情況相當糟糕，層層書架全擺滿書籍，前後雙行，沒分類，沒規律，雜亂無章。書架前、沙發旁堆疊逾百個大小不一的塑膠箱、木箱、鐵箱、紙箱；有些箱內藏書，有些存放別的東西。至於書房僅餘的空間，還放置了各色物品，諸如已裝裱和未裝裱的字畫、一張古琴、一張板凳、兩把摺梯、一台電腦連打印機、幾盆植物、幾尊佛像、三個樹頭、三個Hello Kitty娃娃、一隻生鐵鑊……

「書房裏擺生鐵鑊？」北燕喃喃道：「真不可思議……」

＊　　＊　　＊

「那西藏筆記簿，唔，最後一次，我該在右側第三個書架頂層見過。你自便吧。」Chit挪開生鐵鑊，彎腰打開一個鐵箱。

我把長梯推到右側第三個書架前，攀上去，問：「筆記簿是什麼樣式的？」

「硬皮；不是藍，就是黑。」

頂層，書架中央，在全套十多冊金庸武俠小說中間，果然夾着一本藍色硬皮筆記簿。抽出來，打開，看了三行，大失所望，嚷道：「這是南極筆記呢！」

「是嗎？我記錯了。」Chit闔上鐵箱，打開另一個木箱，「你試試往下一層找吧。」

「你上次看見西藏筆記簿是幾時的事？」我開始對Chit的記憶力失去信心。

「三年……五年……七年前左右？不敢肯定。你耐心尋找，一定尋得見。」

唉！我拍打着前額，頭痛；放眼四周，書海無涯，如何尋？如何找？

「我們一起找。」北燕拍拍Yman的頭，「別光看仙人掌，幫忙找西藏筆記簿啊！」

「這樣吧，我們定個簡單策略。我負責上層，北燕負責中層，Yman負責下層，由右側着手一路找過去。」

「千萬不要搞亂書本擺放的位置，亂了，我找不到書呢！」Chit搬走一堆紙箱。

「亂？已亂無可亂……」我嘀咕。

「找到了！」Yman突然大叫，「是天葬啊！嘩！真殘忍……」

這麼快當？我不敢相信，連忙從梯頂溜至Yman身旁，北燕也湊過來，一看，齊聲罵道：「蠢蛋！這是相簿，不是筆記簿。」

「我以為……是同一本。」

「讓我看看。」Chit走過來，不經意地把手上的灰塵抹在Yman背上，再從Yman手裏取過相簿，緬懷過去起來，「對，筆記簿是另一本。唔，這些照片，二十多年前拍下的。」

「這些天葬照片，很駭人呢！」北燕瞄了一眼，伸伸舌頭，「你當年拍照時，害怕麼？聽說那些天葬師很兇惡，會追打旁觀的人。」

Chit翻了兩頁，徐徐說道：「天葬是西藏人最普遍、最嚴肅的葬禮，為了讓死者的靈魂順利升天，一般禁止不相干的人旁觀。那次的天葬師待我們很好，任我們拍照。」

「為什麼不相干的人旁觀，會影響死者升天？」Yman好奇地問。

Chit把相簿塞回Yman手裏，轉身蹲下，拉開書架底層的櫃門，一面找，一面解釋：「天葬師主要的工作是肢解屍體，他們很專業，骨、肉、內臟、頭顱等都有特定的處理方式；同時他們又在天葬台燃燒松柏香堆，又會叫喚附近的鷲、鷹飛來啄食屍體。藏人相信，鷲、鷹吃屍務要淨盡，死者的靈魂方可升天。我想，如果不相干的人聚在附近圍觀，會造成滋擾，直接影響鷲、鷹啄吃。」

「毫無科學根據。只憑野鳥啄食，就可左右人的靈魂去向？對不起，說服不了我。」我翻身跳上木梯，繼續尋找西藏筆記簿。

Chit以教訓的口吻說：「阿Wing，對於人家的宗教信仰，我們即使不相信，亦要尊重。就像西方社會信奉基督教，認為凡相信耶穌贖罪、拯救的人，死後都上天堂，同樣沒科學根據。但我不像你，我不會胡亂批評。」

「你對信耶穌、上天堂的認知，恐怕存着偏差。」

「什麼偏差？」

「我的姊姊是基督徒，她經常強調，相信耶穌的人，是當下的生命有了上帝的介入，起了美好的改變；比起單講人死後，信的人上天堂、不信的下地獄，層次高很多。」

「如何改變？由老變嫩，還是由男變女？」

「我想，是內裏更新的變化。我不是基督徒，沒這種經驗。不過，我讀過一本名為《穿人字拖的公主》的書，那是一個寫實小說，寫索K的暴力少女、因毒癮引致精神分裂的年輕媽媽生，如何通過勞動、學習和倚靠耶穌，脫胎換骨，改變生命。」

「江山易改，本性難移，我不會輕易相信。要不是那些公主演技好，欺騙作者；就是作者筆法好，欺騙讀者。」

「你沒讀過那本書，個人又未曾有過這方面的經歷，這麼早下判語，不覺得武斷？」

「我經歷得太多了……呀！我找到啦！」

「你找到西藏筆記簿？」我再次溜下木梯。

「不，我找到家傳之寶！」Chit從那櫃裏捧出一個長約兩米的錦盒，盒面鋪滿灰塵。

「就是那柄寶劍？」Yman馬上轉過身來。

Chit瞇眼鼓腮，大力往盒面吹氣。灰塵四散，我們嚇得掩面躲開。塵埃落定，Chit打開鎖扣，掀起盒蓋，雙手捧出一柄連鞘的長劍。木製的劍鞘古舊色褪，一看便知年代久遠，說不定鞘中長劍已經長鏽。

「可以讓我開開眼界嗎？」Yman撫摸劍柄，想一睹劍的面目。

「砰……」

陣陣槍聲自莊園外面傳來，自遠趨近。

又有敵人來襲？我們先後跑到窗前，俯視莊園，只見畢氏三胞胎，一路望古堡且戰且退。稍遠處，一隊身穿藍色制服、頭戴船形軟帽的法國警察三面包抄，步步進逼。若非畢氏三胞胎火力強勁，警察有所顧忌，恐怕早就衝過來抓人。這趟，法國警察的效率出奇地高，不出半小時便趕到來。

「可惡！」Chit緊握劍柄。

「你別衝動，人家拿機槍你拿劍……」我立即勸阻，但勸不來，阻不了。

「出鞘！」

長劍出鞘。金光燦燦，寒氣凜凜。亮澄澄的，令人眼前一亮；涼颼颼的，滿室涼意。我不由得一怔。一怔過後，Chit已挾着一團金光越窗而出，「嗖」地飛下莊園，持劍捍衞她平靜的隱居生活。三枝機槍就在下面，一柄長劍如何迎敵？

我怕Chit有所閃失，想也不想，縱身撲下接應；看時，Chit人已着地，就在畢氏三胞胎身後。

「喝！」Chit虛步倒撩、追步直掤、箭步橫削。

「截——」「截——」「截——」

一劍比一劍快，清脆利落。三招過後，畢氏三胞胎的三枝槍管，從中間齊斷。

Chit最後抖個劍花，收劍入鞘。雖是劍花，威力不減。若非畢氏三胞胎輕功不壞，及時跳開，三人的頭顱恐怕跟槍管同一下場。

的確意想不到！我心慌意亂，着地立足不穩，幾乎滑了一跤。我驚，並非因為Chit三招就削斷槍管的古怪劍法，而是那柄長劍外形古怪，彎彎曲曲呈S狀，仿似一條金蛇盤曲而成；蛇尾勾成劍柄，蛇頭則是分叉的劍尖，宛如蛇舌。

那是「金蛇劍」，傳說中的金蛇劍——「金蛇郎君」夏雪宜的武器。Chit也姓夏。莫非……

「誰派你們三隻小鬼來法國惹我麻煩？」Chit叉腰喝問。

我錯了，Chit的武俠小說世界，並非虛幻無稽。

「北京的賈會長。」發言的仍是畢小玉。

「原來是賈會長。這樣吧，你們回去告訴賈會長，我今年中秋到北京跟他一起賞月。還有，託他代我發張英雄帖，通知各方老朋友前來相聚。我請大家喝紅酒。」

「這個……」

「古堡後面第七棵松樹下有條地道，可以逃走。」Chit向左甩甩她的冬菇頭，「警察來啦，你們還不快逃，想在法國坐牢嗎？」

畢氏三胞胎稍稍猶豫，便棄掉手上的半截爛機槍，快跑繞到古堡後面。

「我們往這邊走，省得跟警察解釋。」Chit向右甩甩她的冬菇頭，領我跑往古堡的另一端，在一株櫻桃樹後拉開一扇暗門，一頭鑽進古堡裏。我跟着進去。經過擺滿紅酒的地窖，沿螺旋梯級返回上層。

「你真的打算中秋到北京？」我在後面問。

「或許。」

「你的麻煩因我而來。你若往北京，我陪你走一趟，動起手來，我為你助拳。」

「謝謝你的好意。你想幫忙的話，可先幫我搬家。」

「搬家？」

「我在蘇格蘭、新西蘭、德國都有古堡，中秋前搬過去，一勞永逸，免卻花時間應付不速之客。」Chit又打開一扇暗門，「至於中秋之約，三個月之後的事，日子不短不長，變數甚多，到那時才決定。」

「喔。」我隨即會意，原來是緩兵之計，果然是老江湖。

我們穿過暗門，拐兩個彎，回到書房。

「嘩！用劍削斷機槍，比Gundam更精彩！」剛才挨在窗邊觀戰的Yman，神色興奮，迎上前來，「Chit，你的劍，S形的，我從沒見過這種劍。」

「馬馬虎虎啦，對付三個小孩，倒還可以。」

北燕問：「你使的是……失傳的金蛇劍法？」

「嗯哼。」

「噹噹……」樓下的門鐘響起。

「請開門，我們是警察。」

「我去打發他們。」Chit把金蛇劍擱在沙發上，轉身踏出書房前，丟下一句：「Yman，別碰我的劍。」

Yman噘起嘴巴，下唇突出，硬生生地把企圖拔劍的右手縮回去。

「沒錯，不要搞兵器，也不要搞盆栽。」我揪住Yman的衣領，把他牽回書架之前，「我們繼續找西藏筆記簿。」

「好吧。」Yman拍拍大腿，蹲下，用指頭從左到右點掃架上的書脊，態度馬虎。

「認真找，小心看。」我提腿登上木梯，才上了三級，聽見Yman在梯下嚷道：「我找到了！」

「認真些，小心看清楚。」我搖搖頭，繼續踏上第四級。

「阿Wing，等一等。」北燕語帶興奮：「看來，他真的找到西藏筆記簿。」

「當真？」我跳回地板上。

北燕把一本黑色的硬皮筆記簿遞過來，笑着說：「是真的。」

我大喜過望，連忙接過筆記簿，待要檢視內容，驀地——

「啪嗒——」一塊塊重甸甸的鐵板，差不多在同一時間從書房三面的門頂、窗頂翻下來，把門窗從上到下統統堵封。陽光透不進來，書房頓變昏暗。

「搞什麼鬼？」Yman吃驚。

「是不是我們哪一個不慎觸動機關？」北燕嘗試推開窗口的鐵板，但鐵板紋風不動。

我也使勁推門口那一塊，鐵板既厚且硬，同樣推不動。

「Chit！我們給困住了！」Yman張開喉嚨大叫。

「喂！Chit！你聽見沒有？」我大力打門拍牆。

「靜一靜。你們住口。」北燕側起耳朵，「我聽見古怪的『嘶嘶』聲……」

經她一提，確有一種奇怪的尖嘯聲，不知從哪兒傳出。

「啊呀！綠色的煙……」Yman指着天花板，張皇失措。

抬頭看時，陣陣綠煙自天花板冒滾而出，愈來愈多。轉眼間，書房裏綠煙瀰漫，香氣四散，是花香，似薑花，似水仙花，又像鳳仙花，氣味把人薰得眼花、頭昏、氣悶……

莫非綠煙有毒？此地不宜久留。暗忖堵封窗口的板塊較小，只得孤注一擲。我鼓起剩餘的內勁，猛朝它衝過去，期望一擊即破。誰知中途卻絆着雜物，失去重心，在仆倒之前，我奮力向前撲去，雙掌齊發，「彭」地擊中窗口的鐵板……

3

「管家大叔…… 快醒來…… 管家……」

「我不是…… 管家，我是…… 阿Wing……」

「阿Wing大叔，快醒來。」

「什麼大叔？我的年紀不比你大許多…… 畢…… 小玉……」

啊！畢小玉，我的腦子「登」地響了一下，完全清醒過來。張眼一看，綠油油的草地，紅彤彤的跑道，眼前景物已非Chit的古堡，而是一個標準足球場。空盪盪的，球場上空無一人。畢小玉坐在我的左邊，與我相隔兩個座位，手腳都給綁了。

我的雙手雙腳亦不能挪動，同樣給金屬鏈條牢牢地拴在看台的座椅上，運勁掙扎，掙不脫；再掙扎，掙不斷。

「沒用的，鏈條用合金製成，異常堅硬。」畢小玉黯然道。

「我們怎會在這裏？」我遊目四顧，Yman和一個畢氏男孩坐在對面東看台的一面大鐘底下；另一個畢氏男孩則坐在南看台一個巨型電視屏幕下面。Yman垂頭，歪着身，看似暈倒了。畢氏兄弟一動不動，相信亦遭鏈條所綑。只是不見北燕和Chit。

「給他們押來的，用直升機，直接降落球場中央。」

「他們是？……」

「那些來捉拿我們的法國警察。離開古堡時，在莊園外面遇上了。」

「沒道理，法國警察只追捕你們三人，不會連我也捉來。」

「說起來，我也覺得不妥。他們雖然身穿警察制服，但行事模式，並不像警察。」

「例如呢？」

「不明白他們為什麼後來都除了帽，人人露出禿頭，身上也有納粹標誌的文身，而且當時一見我們就開槍，警告都沒一句。幸好我們有機槍，火力不弱，才挺得住。」

「的確可疑。我先前也感意外，按理，法國警察沒那麼快趕到莊園……」我沉吟片刻，道：「咦？你們不該早從古堡後面的地道逃走了麼？怎會落在他們手上？」

「提起地道，我就一肚子氣。我們找不到地道，古堡後面根本沒地道！」畢小玉滿腹怨氣，「我們在古堡後面繞了好一陣子，沒多久，便遭他們前後夾擊。機槍一早被毀，沒武器，只好束手就擒。那麼，你呢？怎會暈倒？」

「我嗎？我記得，書房的門窗突然給堵封了，也許我們誤觸機關；接着天花板冒出迷煙，我試圖把窗撞破，卻支持不住，昏倒了。」

「也許誤觸機關？聽起來，你不是古堡裏的人。」

「當然不是。」

「那麼，你為什麼冒充古堡的管家？」

「我有要事找Chit，今天才頭一遭見她，總之說來話長。現在脫身要緊。奇怪？拘禁俘虜一般用囚室、密室之類，那幫禿頭漢怎會選這個空曠的球場，不怕讓人發現嗎？」

「沒球賽，誰來球場？」

「說的也是。」

「沒人知道我們在這裏，誰來相救？」

「別怕，我的同伴沒給他們擒住，以她的機智，必定暗中跟蹤我們，兼且通知救兵。」

「你指的是那個三十多歲、師奶模樣的女人？」

「對，別受她的師奶外觀影響，她是神槍手。較早之前，一槍射中雞毛帚的，正是此人。」

「她是不是神槍手，我不知道，不過，我肯定她善於惹人煩厭。」

「你怎知道？」

「她早你二十分鐘甦醒，醒過來後，鬧着要上廁所，又哭又叫，足足吵了十多分鐘，煩死人。一個禿頭漢最終受不了，用毛巾勒住她的嘴巴，把她帶走。」

「唔，她總算引守衛現身，不至於毫無作用。」我失望之餘，惟有寄望Chit，「Chit看來逃脫了，但願她想到辦法，拯救我們……」

「她？我不敢奢望。賈會長說此人詭計多端，叮囑我們小心。」

「詭計多端……」我回想，好些疑點湧上心頭。

例如，Chit的緩兵之計；Chit一直不想隱居地點曝光，因為打她主意的人很多，畢氏三胞胎和冒牌法國警察是其中兩批；Chit明明說古堡後面有地道，人卻找不着；古堡內的機關如何啟動，旁人沒可能曉得，也不可能兒戲地誤觸了；我認識Yman不足一星期，跟Chit相識更不足一天，加上先前打了一場架，毀壞她的花草樹木……

常言道，「知人口面不知心」，Chit心裏有何籌算？我們難以明白。她為免行蹤暴露，犧牲我們這些不相干的人，完全可以理解。我為自己的天真，輕輕歎氣。

四下張望，打量左右前後，盤算如何脫困，想呀想，想起一事來，跟畢小玉說：「他們將我和你綑綁在一塊，又不在旁看守，想必有其目的。…… 我倆少不免會交談……」

「你的意思是，他們……」畢小玉舉一反三，馬上壓低嗓子：「想竊聽我們的談話內容……」

「看來是這樣。」我並沒相應地把聲量降低，「他們大概認為我是個硬漢，盤問不會收效，希望通過竊聽，探知我們的底蘊和Chit的下落。唉！他們錯了！其實我最怕痛，膽子又小，他們倘若逼供，我一定從實招來。」

「嗄？你不該自暴弱點。」畢小玉眉頭大皺。

「哎呀！糟了！我實在太害怕，不自覺地口吐真言。」我七情上面，多添幾分沮喪的神情。來吧！來向我逼供吧！別誤會，我不是自虐狂。除非他們不來，只要稍有身體接觸，即使動一根指頭，我也有信心和能力，反過來擊倒對方，趁機逃跑。

「嗒嗒……」腳步聲從後而至。

果然來了，嘿嘿。

畢小玉盯着我，以充滿疑慮的眼神。

走着瞧吧，九十後的小朋友，馬上就叫你大開眼界，認識真正的武林高手。我勁蓄丹田，預備攻擊。

「阿Wing……」

是北燕，聲音很輕，腳步也輕。

「北燕？」

「是我。」北燕來到我身後，敏捷地用鑰匙打開我鏈條的銬，「嘻嘻，我騙那禿頭傢伙要上廁所，趁他解開我時，一掌打暈他，取了鑰匙。」

「一併也把她救出去吧。」我指一下畢小玉。

「當然。」北燕繼而給畢小玉開鎖。

「趁禿頭幫還未察覺有異，我們快去救Yman他們。去！」說罷，我賣弄輕功，以一個優美的姿態躍下看台，斜斜地飛越欄杆，橫過田徑跑道，跑進以結縷草鋪建的球場，望東看台大鐘奔去。

4

球場上空無一物，除了球門橫楣站了一隻海鷗。

牠令我想起南非世界盃的一場比賽，英格蘭對阿爾及利亞。上半場，阿爾及利亞那方的球門架子上端，也久久停了一隻海鷗，似在嘲笑英格蘭沒有了大衛碧咸，攻力疲弱。

當我在球門旁邊跑過，海鷗也「呼」地拍翼飛開。就在牠一飛而起的剎那，我身後響起一陣「嘩啦」聲。回頭一看，草地的自動灑水系統突然操作起來，水柱自球場中央向四方八面作扇形噴灑。跑在我後面的北燕和畢小玉，首當其衝，渾身濕透。

飛掉一隻海鷗，多了兩隻「落湯雞」。

就在此時，兩個手持AK47衝鋒槍的禿頭漢，從東看台的出入口衝出來，正舉槍瞄準我們。

我煞停腳步，翻身抓緊球門網，猛力扯下，撒向禿頭漢，把兩人網倒地上。哈哈，不只落湯雞，還多了兩尾「網中魚」。

網中魚倒地後面的甬道內，人影晃動，不知道還有多少槍手會猛衝出來？敵眾我寡，好漢不吃眼前虧，先避風頭，徐圖後計。我跟落湯雞，不，跟北燕和畢小玉打個手勢，示意「分頭逃跑」。轉身，我一個跑離球場，竄進東看台和北看台之間那條供球員出入的甬道。

外面陽光普照，乍入球員甬道，眼睛一時適應不來，頓覺周遭昏昏黑黑。為怕「行差踏錯」，不得不放慢腳步。我收步，但跟在我後面的畢小玉並沒慢下來，她的頭「咚」地一下撞上我的脊背，兩人幾乎同時摔倒。

「我不是示意分頭逃跑嗎？」我埋怨道。

「我以為你的手勢是跟着你跑。」畢小玉摸着鼻頭，雪雪呼痛之餘，不忘搶白一句：「嚴重代溝。」

我待要揶揄她的理解力差，卻見那兩個禿頭漢從地上爬起，扔掉身上的球門網，撿起AK47，朝球員甬道追來。這刻我無謂跟畢小玉作口舌之爭，急道：「少囉唆，想要命，就跑！」舉足便往甬道深處狂奔。

跑至甬道盡頭，只見一條長廊貫通南北。向南逃還是向北跑？躊躇之際，南端那兒傳來腳步聲，後面的追兵又漸近。畢小玉推我向北。我一把拉住她，不僅不跑，反而從牆邊的木架上取下一個足球。

「幹嗎？」畢小玉睜大眼睛，「這個時間，你還有心情踢波！」

「我不單止踢，還要大腳踢！」我把足球輕輕拋前，左腳踏步，右腳拉弓，「嗖」地把足球踢向走廊北端去——

「鐺鋃——」是球兒碰倒北端走廊什麼，發出巨響。

「你？……」畢小玉仍不明白。

「這邊走——」我拉着她的手，走向木架旁邊的男廁。我推她的手，是不想說話，讓追兵聽見；也避免打手勢，免招代溝式誤會，別無他意。豈料，她的反應出奇的大，不肯進去，還低聲罵道：「你拖我入男廁！變態！我不入男廁！」

「前面有人聲，一定是他們，快追！」走廊南端的人高呼。

「快躲！」畢小玉一驚之下，反過來把我拉進男廁。

剛關上男廁門，「咯噔咯噔」跫音由南而北，在門外急速跑過，都是軍靴落地的聲音。對方人多勢眾。我和畢小玉伏在門板上，互相掩住嘴巴，不讓對方作聲，憋住呼吸；心裏明白，男廁內稍有異響，外面至少十幾個禿頭槍手便立即撞門進來，到那時，插翼難飛。

直至跫音漸遠，兩人才「吁」地放開掩嘴的手，舒一口氣。

「喲！這裏真臭！」畢小玉即時捏着鼻子。

「不臭就不是廁所啦。」我推開廁格的門，踩上馬桶，通過廁格上端的氣窗，窺探外面的狀況。球場上，十多個身穿警察制服高大的禿頭漢在跑來跑去，最矮小的那個也高我半個頭。這幫人，看來不易對付。

畢小玉說得沒錯，他們都有納粹文身，不是在頸後，就是在前臂，可能胸口、大腿、屁股也有。

「喂，阿Wing。」畢小玉在廁格外面悄聲喚叫。

「什麼？」

「這些嵌進牆壁的兜兜，就是給男人小便用的尿廁麼？原來是如此怪模怪樣。」

「你沒進過男廁、沒見過男人小便嗎？大驚小怪。」

「我是峨嵋派關門女弟子……」

「咯噔——」

「殊——」我輕輕跳下馬桶，指指廁所的大門，在她耳邊提醒說：「外面又有人。」

「報告長官！」男廁外面有人朗聲說道：「已經查明：那個女的不停吵鬧，要上廁所，麥格夫帶她去，結果給她打暈。」

「救醒麥格夫，告訴他犯了什麼錯誤。」一把沙啞、冷漠的聲音吩咐：「然後槍斃。」

「是！」

「剛才跑掉多少人質？」

「一男兩女，長官。」

「一個都捉不回？」

「兄弟們正在努力。」

「飯桶！」

我暗暗叫好。從他們的對話，可知北燕已經逃脫。

「報告長官！」又有人報告：「外圍的兄弟來電，Chit正望足球場而來，估計十分鐘內到達。」

「一個人？」

「只有她一人。不過，她後面跟着一隻黑貓，很奇怪。」

「一隻畜牲，無須大驚小怪。」

「另外，警察和唐人街方面，都沒動靜，看來她並沒找援手。」

「她一人前來，外圍防線可以解除，吩咐外圍的兄弟撤回球場。人質跑掉一半，分散拘禁已沒意思。我們調整一下策略，把剩下的人質押到球場中圈，吩咐狙擊手就位。她老老實實拿藏寶圖來跟我們交換人質，就放她一馬；不然的話，一個不留。」

原來禿頭幫拿我們作人質，逼Chit交出什麼藏寶圖。他們在古堡找到我們，以為都是古堡的人。本來

Chit可以一走了之，但現在她孤身犯險，足見為人輕利重義。我懷疑她，實在不該。

「長官已下命，快快行動，各就各位！」

「遵命！」

男廁外，跫音迅速散開。

「我要救回兄長。」畢小玉急道。

「等一下，待他們走遠，我們才動手。」

「欸。」畢小玉也踩上馬桶，踮直腳尖，監視球場。

「對啦，禿頭幫想要藏寶圖；你們想向Chit要什麼？」

「圓明園的羊首銅像。」

「喔！當年八國聯軍搶走的羊首銅像，原來在Chit手上。」

「他們把我的兄長和你的朋友押往球場了。我們要動手。但，該如何行動？」

「稍安無躁。」我踩上另一個馬桶，掃視一遍外面，「這樣吧，你對付前半場的十個，我對付後半場的十個。」

「一個打十個？我們沒武器，沒可能勝過他們。」

我從廁格一躍而出，打開洗臉盆旁邊的雜物櫃，挑了一根廁所泵和一把地拖；把廁所泵拋給畢小玉，說道：「峨嵋清風劍法之中，有一招『微風拂柳』，可以一招化十式，恰好分刺十人。」

「可是，我的清風劍法，火喉不足，微風拂柳只練到一招化五式。」畢小玉面露尷尬之色，「而且，清風劍法，劍走輕靈，這枝廁所泵又粗又重，拿它當劍，威力又減三成。如果有機槍在手，情況就大大不同。」

「哎！你們年輕一代就是這樣，貪快，走捷徑，不肯循序漸進，不願刻苦勤練基本功，盲目追求科技。須知功夫到家，取其意不取其實，一草一木可作武器，飛花摘葉亦可傷敵。想當年，我學武功……」

「夠啦，現在不是想當年的時候。Chit步進球場了，快想辦法！」

「當真？」我跳回馬桶之上，看時，Chit手執掃帚，一人一貓，來到球場南面的出入口。她穿上一身全黑的衣衫，粗框大眼鏡改為烏蠅墨鏡，神情肅穆，一臉英氣。

好！你夠膽，我夠勇，我輩中人，到了這個關頭，生死榮辱可以拋開，痛快要緊，就讓我們痛痛快快打一場！你有掃帚棍，我有地拖棍，乾脆來個「雙棍合璧」，怒打納粹禿頭幫。且看誰打得多？

我一咬牙，緊握地拖，大步踏出男廁。

畢小玉似乎明白我的心意，下定決心，提起廁所泵，緊隨我的步伐。

大戰一觸即發。

*　　　*　　　*

來到球員甬道出入口。清風拂過球場，球場四角的五彩旗幟於風中拍動飄揚，煞是好看，令我想起真正的峨嵋清風劍法，輕靈飄逸，千姿百態，既好看，又實用。

回看畢小玉和她的廁所泵，我惟一的援手，勇氣登時泄了二分。出入口外面，大漢眾多，人人AK47，個個七尺昂藏，我餘下的勇氣又泄二分，不禁踟躕起來；

惟有靠牆而立，看清形勢，才作進退取捨。

畢小玉貼着我，靜候我的指示。

球場上，Chit走過田徑跑道，站在球員的替補區，托托眼鏡，抖抖掃帚，高聲喊道：「『高佬泉』，我跟你河水不犯井水，我有我隱居山林，你有你在德國搞納粹勾當。你無端端來法國招惹我，發神經病麼？我雖然年紀大，但不會隨便讓人欺負。」

「Chit，請你見諒。我實在迫於無奈，為的是眾人的事。」那聲音沙啞的長官開腔。他本站在兩個大漢中間，說話時踏前一步，我這才瞧清楚他的模樣。一看，訝然失笑，慌忙掩住畢小玉的嘴巴，因她已笑得彎腰捧腹。

原來那個高佬泉，名不副實，身高不過一點六米，頭大身削，遠觀，像個野磨菇；跟Chit的冬菇頭，簡直天造地設。

天…… 地…… 我看上、看下，心生一計，於是拉起畢小玉的耳朵，道：「……」

背後，聽見高佬泉說下去：「當年希特勒元首鑑於戰事失利，把財寶移放祕密地點，謀求東山再起。後因元首自殺，藏寶地圖失落，好幾十年來，我們多方打聽，最後聽說在你手中。」

「荒謬！你們納粹黨的事，跟我無關！而且，我不是多啦A夢，身上沒百寶袋。什麼藏寶圖，我一張都沒有！」

「你沒藏寶圖，跑來這裏幹什麼？」

Chit伸直掃帚，指着坐在中圈剛剛甦醒、不明不白的Yman，正色道：「人，在我的古堡被擄，我有責任把他們帶回去。」

「你當然有責任；但，恐怕沒能力啊！哈哈……」高佬泉笑得像海鷗叫。

Chit鐵青着臉，又急又氣。

一眾禿頭漢亦呵呵大笑。

驀地，笑聲戛然止住，好像舊式錄音機在播放時無故斷帶一般。我好奇，一看，原來黑貓不動聲息，出其不意地跑到高佬泉腳旁，在他的鞋面撒了一泡尿，然後若無其事地跑開。

高佬泉氣得七竅生煙。

禿頭漢人人目瞪口呆，長官沒示意之前，誰都不敢亂說亂笑亂罵亂動。

就在一片驚訝之際，南面看台那面巨型電視屏幕「卜」地閃動一下。本來一片漆黑的畫面，霎時變得色彩繽紛，播影着綠油油的草地、紅彤彤的跑道；還有，神情詫異的一眾禿頭漢。

「怎會這樣？」高佬泉暴跳如雷，「我們是祕密組織成員，不能上電視！飯桶，還不給我轟掉它！」

幾個禿頭漢如夢初醒，馬上對準電視屏幕開火。

「砰……」

頃刻，電視屏幕給射成一個蜂窩，繼而整座塌下，零件散落座位周圍，塵土到處飛揚。

「飯桶！飯桶！」高佬泉仍在呱呱大叫，「射爛電影屏幕，有屁用！要破壞電視轉播室呀！」

一個禿頭漢立刻把GB15榴彈發射器安裝在AK47之上，跑上前，扛在肩上，單膝跪地，瞄準東看台上的電視轉播室。可惜，太晚了，剛才的影像早就傳播到本地電視台。換句話說，禿頭幫全部曝光；而且，家庭觀眾還欣賞了他們用機槍射破球場電視屏幕的壯舉。收視一定破紀錄。

誰幹的好事？

當然是我囉。

我方才觀天望地，瞥見南看台上方的電視屏幕，又想起天空中的微波傳送；心生一計，偷偷攀上東看台，摸進電視轉播室，啟動器材，調校攝影機，作一次史無前例、驚天動地的現場直播。

當然，我不會獃在電視轉播室，靜候禿頭漢的榴彈飛至。正當他們盡情射毀電視屏幕時，我乘亂跑離轉播室，使出從前跟那智山老人學習的「障眼術」（詳情請參閱《鴉殺》），藉着漫天硝煙、滿地塵土的掩護，高舉地拖棍，迅雷不及掩耳地望球場中圈衝殺過去。

另一邊，畢小玉亦快速配合行動，拿着廁所泵，從球員甬道平空飛出，施展她那招三腳貓、半桶水的微風拂柳，一劍化三式，掤倒三個禿頭漢；然後急不及待，撿起一根AK47。

我三個起落，已闖進球場，揮舞地拖，一棍掤翻那個扛起榴彈發射器的，再掃跌兩人。我忽左忽右在眾人之間穿插，他們沒法瞄準，也不敢胡亂開火。我不費吹灰之力便欺近高佬泉。

高佬泉察覺危險，倉皇逃跑，卻給Chit一個箭步截住去路。高佬泉拔出手槍，還來不及扣下扳機，Chit手起帚落，戳中他的腰眼，將他擊倒地上。畢小玉從另一邊趕至，踢走高佬泉的手槍，再用AK47抵住他的腦袋，道：「你們聽住，識相的，立即棄械；否則，我射死你們的長官。」

畢小玉的聲音清脆，聲量雖不大，但場上人人聽得明白；形勢，人人看得清楚。高佬泉已給我們制伏。一眾禿頭漢神色猶豫，該不該棄械？

我趕忙替畢氏兄弟和Yman鬆開綑綁。

豈料事到如今，高佬泉仍不服輸，他爬起身，取出對講機，罵道：「飯桶！通通都是飯桶。狙擊手，怎麼還不開火？我命令你們馬上開火，先射死Chit！」

Chit大駭。

「砰——」

有人開槍。

「哎喲！……」

有人中彈呼痛，但不是Chit。起初我們以為她中槍，前前後後看過一遍，她身上沒流血，她亦不感痛楚。

再看時，喊痛的，另有其人——中槍的是高佬泉！

來自照明燈架上的子彈，射中高佬泉的腳尖。他忍住腳痛，提起對講機，正想斥責他的狙擊手無能，射錯目標，對講機就傳出北燕的聲音：「這枝PSG-1狙擊槍，性能一流，真爽啊！」

高佬泉登時啞口無言，臉如死灰。

我乘機恫嚇眾人，嚷道：「你們誰敢不棄械，下一彈就射穿誰的光頭。」

塵埃落定，大局亦已定，一眾禿頭漢你看我、我看他，面面相覷。他們均知大勢已去，紛紛拋掉手上的武器。

戰鬥告一段落，總算有驚無險；大家都四肢完整，無損無傷，又無心插柳，成功逮捕一隊潛入法國的納粹分子。

禿頭納粹幫、畢氏三胞胎千里迢迢入侵Chit的古堡，為要尋找寶物，結果空手而回，納粹幫更成為階下囚。

法國的反恐部門應該請我喝茶。

我跟法國反恐部門的主管剛通過電話，那個不知是畢大鵬還是畢二虎的男孩，恭恭敬敬地走過來，向我拱手道謝：「謝謝你，管家大叔。」

「……」

原來他會說話，但說話不得體。第一，我不是管家；第二，最重要的，我不是大叔。可惡！

Ⅳ 花媒意外

花眠驚喜，女強人躍身直搗匪穴；

愛，卻在灑掃間流動……

1

兩天前，前往法國，三人同行，如今我一人返港。

聽起來，情況有點嚇人，好像北燕和Yman遇上什麼意外似的。

放心，他們都平安，不獨平安，日子還過得相當愜意呢！北燕留在巴黎瘋狂血拚，Yman留在Chit的莊園修整兼研究植物，樂其所樂，得其所哉。

在航機上，我把頭靠在舷窗上，感受外面的雲上日照，暖暖的，陽光自窗簾邊緣透入空調機艙。內冷外熱。跟Chit的外冷內熱，恰恰相反。

Chit搬家了，不會再回法國。她走得很匆忙，沒說明搬往哪兒，可能是蘇格蘭、新西蘭、德國，或者別處。她不想說，我不便問。總之，我明白的，她不希望住處曝光，不告訴任何人，就長久保住祕密。

臨別時，我抱了她一下，認真地再說一遍，今年中秋她若到北京跟賈會長賞月，我捨命陪君子。她點點頭，笑了笑，沒說話，那就走了。

Chit說走便走，也沒攜帶大箱小箱行李，捨下古堡裏許多的珍藏。她性格瀟灑脫，拿得起，放得下，因為最美好的已留在記憶裏。

有兩件事，得交代一下。

第一件，古堡後面確有地道，在第十七棵松樹之下。不知是Chit誤說，還是畢氏三胞胎誤聽，他們只在第七棵松樹周圍尋找，當然尋不到。

第二件，書房裏的綠色迷煙，是Chit放的。當時，禿頭幫假扮警察騙Chit開門，他們一進門，帶頭的用槍指嚇Chit，其餘的人到處搜查。Chit暗中啟動機關，把全屋的門窗封堵，又讓迷煙溢出。迷煙貯於天花板的管道內，貫通全屋，分量恰到好處，不管你身處古堡哪個角落，一定給迷暈。Chit當然預先服食了解藥。

我、北燕和Yman身在書房，無可避免，都受迷煙波及。Chit打算迷暈了所有侵入者，再給我們解藥；想不到，我昏倒前劈打一塊堵封窗口的鐵板，引致迷煙外泄。由於壓力失衡，屋內各處的迷煙都沿管道倒流至書房，一併外泄；迷煙不足，效用驟減，客廳和飯廳的禿鬃漢都沒失去知覺。

Chit見形勢不妙，擊退守衛，獨自逃離古堡。及後，高佬泉到來，因為擔心古堡機關處處，不敢瞎闖，便把我們押到足球場作人質；又留下紙條，着Chit帶希特勒藏寶圖到足球場交換。最終，高佬泉反給我們合力制伏，得面臨國際法庭的審判。

Chit到底有沒有收藏羊首銅像、希特勒藏寶圖之類的寶物？大家都感興趣。

Chit「呸」了一聲，斷然否認，重申她或曾見過一些寶物，但她並非貪心之人。凡屬於她的，她不會客氣禮讓；不屬於她的，她絕不據為己有。

「若有，我早送給圖書館、博物館。」

Chit，我相信你。

至於最關鍵的西藏筆記簿，給我們找到了。Chit重溫一遍後，告訴我們，她當年在無人區遇見一個藏人，兩人一見如故，暢飲青稞酒，無所不談。臨別時那藏人說Chit是有緣人，送她一把種子，指稱是寶貝，開出的花朵能治百病。

那藏人又說，此花又名「七日醉」，極難栽種，花蕊是寶中之寶，於開花的一刻，散發異香，中人欲醉；迷糊之間，摘花而食，食後昏睡七日，如同醉酒。所謂「七日」，乃是一個籠統的日數。昏睡多久，因人而異，一般不超過七天。

紅花可以醫病？ Chit只聽那藏人說，沒親眼見過，又沒文獻參考。她就着自己的理解，向我解釋一次。當R處於昏睡狀態時，身體機能並沒靜止下來，在不受外物干擾、體能不用消耗的情況下，她的五臟六腑、奇經八脈，就會受到花蕊的化學物質刺激，不斷作出自然調節，修復體內各種大小毛病。

花蕊治病的說法，匪夷所思，無從稽查，Chit當日著書時，沒有記於《西藏筆記》之內。不過，若然屬實，Chit預計當R一覺醒來，身體內外將煥然一新。

這種花療法，聞所未聞。

我半信半疑地打電話給嘉薰醫生。嘉薰醫生在電話裏興奮地說，R大約在一小時前甦醒。他們已替R作初步檢查，本想通知我，湊巧我又來電。

他們非常驚訝，R的身體狀況出乎意料的好，似乎完全康復。據初步觀察，就連她的抑鬱症也不藥而愈；不過，一切須經詳細的身體檢查，方能作準。

我掛線後，雀躍的心情好一會才平復下來，心底不由我不相信Chit的「花蕊治療」。

抑鬱症其中一個成因，是人類的腦下垂體分泌有害的荷爾蒙，導致身體出現毛病。有一個說法是，服食副作用甚多的抗抑鬱藥，只能緩解，不能根治。最徹底的療法，是令腦下垂體中止分泌有害的荷爾蒙；可是至今現代醫學還未找到有效的方法。聽過Chit的解釋和嘉薰的報告，看來變種紅花具有這種神奇的療效。

沒抑鬱症的R，會是什麼模樣？

活潑、開朗，蹦蹦跳，整天笑臉迎人？

我恨不得立刻飛抵她身邊，與她同享無病無痛的喜悅。

登機前，給R電話，她把來電轉駁至留言信箱，大概忙於接受各項身體檢查和測試，不方便接聽。我留言給她，說已啟程返港。

自從R進入七日醉狀態，不明所以的我，沒一覺安寢；加上在法國惡戰連場，簡直累垮了。如今得知R平安無恙，我一坐進舒適的頭等機艙，支撐身體的戰意和腎上腺素，彷彿虛耗淨盡，整個人像中秋翌日的氣球彩燈，大大泄氣兼失去神采。吃過晚餐，伸直雙腿，蓋上綿軟軟的毛毯，眼皮像有千斤重，不管多用力都睜不開；身子像給一輛無形的壓路機車輾過，渾身痠痛，結果不消一刻鐘，便沉沉睡去，睡得天昏地暗、死去活來。

一覺無夢。

睡醒以後，仍在九霄雲上，不過與香港的距離、與R的距離，相較起飛時，已大大縮短五分之四。感覺很好，像跑完一場半馬拉松，淋過花灑浴，一杯凍飲已擺在面前。

多麼渴望親R一下。

檢視ipod，R兩小時前通過特工頻道，傳來一個短訊：

阿 Wing：過去的日子，我像度過漫長的冬夜，噩夢一個緊接一個。感謝你一直給我關懷，給我溫暖，不離不棄，陪伴我度過那些噩夢一般的日子。現在黑夜過去了，夢醒了，雨過天晴，烏雲點滴不剩，感覺好棒！我知道你為我連日奔波，辛苦你了。我等你回家。R

使用特工頻道，看來她已出院，當真康復神速。

到法國這趟，連日奔波，兜兜轉轉，又回到香港，回到原來的起點。人生果然充滿荒謬。為了尋求生命裏最重要的，不管多荒謬，人總會一往無前，例如Yman迷戀花草，高佬泉盲目信奉納粹，還有昔日浪跡天涯，今日回歸平淡的Chit。所以，奔波，我不介意；辛苦，也不怕。只要R完全康復，一切都變得不重要。

沒多久，機師啟動降落程序。我坐直身子，繫上安全帶。R會不會來機場接機？如果她來——想到這裏，我不由地激動起來。

飛機降至雲層以下，機身向右舷傾側，湛藍的海、翠綠的島、長長的橋、繁忙的車流、昂貴得不合理的臨海樓房，一一透過舷窗映入眼簾。跟R別後再聚，今晚跟她往哪裏慶祝？大夥兒一起去，還是二人世界？

機首緩緩朝下、朝下，重心傾前、傾前。

「軋——」

機輪着陸。

R，我回家了。

飛機在跑道上滑行。

我的心已飛到R心上。

飛機停下來，艙門打開，我第一個下機。揹起背包，直奔特別甬道，省卻在海關輪候辦理入境手續；向守衞出示過通行證，沿甬道直接步出接機大堂。

接機的人很多，有人手持鮮花，有人高舉歡迎字句，人人臉上流露企盼的神情，目不轉睛地注意海關閘口那扇電動玻璃門。每次玻璃門打開，至少出現一張笑臉，接機人叢中最少也傳來一聲歡呼——但都跟我無關。

R沒來。我在大堂前後左右繞了一圈，R真的不在。我笑自己傻，又不曾叫她來接機，她亦沒說過會來，沒有驚喜是正常的。何況R出院不久，作風謹慎的嘉薰醫生一定叮囑她留在家中休息，不宜操勞。

不能說沒有半點失望，但我還是說服自己打消她來接機這一廂情願的想法，改而更實際地打電話給她。

電話接通了，可是仍舊轉駁至留言信箱。

她究竟在哪裏？搞什麼？

我想了想，改為給露絲電話。

「嗨，阿Wing，恭喜你在法國立下大功！」露絲一開腔，就是道賀。

「誤打誤撞罷了，北燕的功勞也大。」

「你已返抵香港？」

「剛下機。」

「你先回家休息，晚上我們替你洗塵。」

「不用客氣了。你知道R在哪裏嗎？我聯絡她不上。」

「R嘛…… 她在特工基地。」

「特工基地？她不在家中休息，跑到基地幹什麼？」

「她一早回來召集手下的特工開會，中午留在會議室裏吃外賣pizza。」

「嗄？」我試圖為R找一個合理的藉口，「是不是有什麼重要的任務，非要她出馬不可？」

「任務，天天都有。重要…… 總有一定的重要性。」

「露絲，告訴我實情。」

「一言難盡。我想，聽我這樣說，你不會直接回家去了。有精神的話，回基地看看，自會明白。」

「好，待會見。」

露絲還未建議我回基地，我已跳上計程車，示意司機從速開車，直駛市區。

我掛線後，無意再打電話給R，也放棄留言給她。

露絲的話，令我心神恍惚，不知該說什麼。我收起電話，靠着車窗，忐忑不安地看着計程車駛過北大嶼山快速公路，再接青嶼幹線，上青馬大橋，跨過藍巴勒海峽。前後不過半小時，這些景物，已由天與地的距離，變為置身其間。

這些景物，本是我所熟識的；不知怎的，當下倒教我感到茫遠而陌生。只有在夢境之中，才該有這種感覺。我是否還在機上？仍在做夢？

歸心似箭。幸虧一路交通暢順，假若遇上本地常見的堵車，我想我會在計程車上吐血身亡。

回到特工基地，剛巧是下午三時，在大門外遇見M。我下車，他登車。他行色匆匆。

「喂，M，你趕着去哪？」

「Hi，阿Wing，你回來了。我嘛，放假，趕着回家執拾行李。」

「你幾乎天天放假，有何稀奇！趕什麼？」

「我真的趕時間，趕往機場，乘搭飛機去夏威夷。

嘻嘻，平日是躲懶，今趟名正言順放大假。我向上級作了申請呀！」

「Case那麼多，你怎能一走了之？」

「R復工，我收工。」

「你不能把工作全推給R。」

「能者多勞。」M閃身鑽進計程車內，揚手道：「拜拜。回來送你手信。司機，快開車。」

實在拿他沒辦法，這條大懶蟲！

M乘的計程車開走，我跑進基地，剛進大門，M的祕書Ada花姿招展，迎面而來。我進門，她出門。她也行色匆匆。

「Ada。」我喊住她：「還沒到三點三，你這麼早去喝下午茶？」

「非也。本小姐放工，不是喝下午茶。波士放假，祕書放工，天經地義。」

「唉！大懶蟲波士，小懶蟲祕書，蛇鼠一窩。」

「你別亂說。R搶走M的case，M沒事做，當然放假；M放假，我也沒事做，難道留在辦公室剪指甲麼？」

「R搶走M的case，怎會這樣？」

Ada輕咳一聲，清清喉嚨，作出一個蘭花手，以粵劇腔口，半唱半白地說：「公子，你有所不知了。正所謂，太后駕到，垂簾聽政，我等忠良之後，有冤無路訴，惟有收工做facial。請也。」說罷，踩着碎步，急急離開基地。

Ada向來瘋言瘋語，她的話，我不會照單全收，還是找R或露絲，問個明白。來到升降機大堂，3號升降機恰巧降至地下，門打開，走出幾個人，最後一個是泰臣。他顯然垂頭喪氣。

「泰臣，沒精打采的，昨晚打通宵麻雀，兼且輸錢麼？」

泰臣抬頭瞄我一眼，懶洋洋地答道：「不是。」

「莫非，因為R……」我想起泰臣本屬R手下的特工，R離職後他暫時調撥M部下，R復職，M放假，泰臣自然回歸R指揮。

「可不是呢！」泰臣抓抓面頰，「開了一朝早工作會議，吃了一大頓貓麪，我還會笑臉迎人嗎？不跟你聊了，得趕緊去部署，晚了，又要捱罵。」

「什麼任務？」

「偽鈔。真的不跟你多說了，R快下來……」泰臣瞧瞧２號升降機的樓層顯示燈，誠惶誠恐地跑出基地。

又是R！

我喃喃道：「R沒抑鬱症……回復昔日的冷酷、無情，不擇手段向上爬……」

「不全然這樣，阿Wing。」露絲從牆角轉出來，「別給泰臣誤導。」

「露絲……」

「泰臣一向懶散，跟了M之後，更變本加厲。R不過撥亂反正；換上是我，也會這樣做。」

「但，Ada說R搶走M的case。」

「笑話，M求之不得啦。」

「對，R不是這樣的人。」我如釋重負。

「也不盡是。該如何說呢？」露絲頓了一頓，道：「R從昏睡狀態甦醒以後，確有改變的地方，例如變得硬朗、進取、果敢。唔，她來了，你慢慢感受吧。」

2號升降機門打開，R領着一小隊特工走出來。R精神奕奕，英姿颯颯，她身後的特工，人人神色凝重。R看見我和露絲，繃緊的表情略為放鬆，着下屬先携器材上車候命。待他們一一離開升降機大堂，R才面露微笑，走過來，道：「露絲，我們要行動了，勞煩你為我們提供支援。」

「我這就去預備。」露絲識趣地走進1號升降機。

「謝謝你，露絲。」

1號升降機門闔上。

R用指尖輕輕拂一下我的衣襟，笑着說：「污糟貓，快回家洗個澡，換件乾淨衣服，好好睡一覺。」

「我在機上睡夠了，狀態良好。什麼行動？我隨時可以幫忙。」

「人民幣偽鈔電版。不用你出馬，泰臣他們綽綽有餘。」R俏皮地眨眨眼睛，「不過，我的確有事相求，你願意幫忙，最好不過。」

「我當然幫你。」

「你替我帶油雞、烤鴨回家，好嗎？我把牠們寄養在寵物酒店，好可憐呢！」

「好吧。」

「我一完成任務，就立即回來。我保證不超過三小時。」

「我等你。」

「稍後見。」

看着R的背影，我心裏明白，她不再柔弱，不再楚楚可憐——特工女強人復工了。非常無稽地，我懷念她流淚的樣子。

2

俗語說得好，「龍牀不如狗竇」，華麗的酒店遠不如溫暖的家，寵物酒店更加沒法與家相比。油雞小姐和烤鴨先生似乎十分掛念自己的貓窩、狗竇，一踏進家門，油雞小姐二「喵」不說，立即攀上牠的「御用」沙發，蜷曲在墊子之上，把尾巴悠閒地左撥一下，右掃一下，樣子挺逍遙。烤鴨先生則俯伏沙發腳邊，不時偷看我一眼，或者斜視油雞小姐的尾巴一眼，樣子也很逍遙。

牠們都安靜，不用我費神照料。

露絲把R的行動視像傳到我的ipod。我到廚房斟了一杯鮮奶，坐在飯廳，一邊喝奶，一邊監看R的行動視像。

攝錄鏡頭暗藏泰臣的平光眼鏡框內，他和R佯裝偽鈔電版買家，坐在一個酒店套房裏。賣家是兩個菲律賓男人，一胖一瘦。菲律賓人販賣人民幣偽鈔電版，真離譜。胖子看來是「話事人」。他掏出一張寫上一串銀行帳號的紙條，平放茶几上，說道：「把款項轉賬至這個戶口。」

R看了看紙條，提起腳邊的筆記本電腦，打開，登入銀行網頁，「得得得」地敲鍵，不一會，把電腦推到菲律賓人面前，讓他們觀看屏幕，確認轉賬完成。胖子滿意地點頭，道：「好，你們等我一會，我去取貨。」

「且住！」泰臣喝止，「你們沒把偽鈔電版帶來？」

「我是聰明人，還沒收錢，貨不會曝光，不安全。」胖子砌詞。

「錢你已收妥，立即交貨！」泰臣抗議。

「我現在不是去拿貨嗎？」

「且住！」R突然發難，左手一把揪住菲律賓瘦子的頭髮，右手拔出手槍，把瘦子按在茶几上，用槍嘴抵住他的太陽穴，喝道：「你們聰明，我亦不笨。你們想騙錢，也不打聽我們是什麼人！你們有命收錢，只怕沒命花。」

泰臣亦拔槍指嚇胖子。

「有事慢慢商量。」胖子慌了。

「你殺我，沒用，電版不在這裏。我死了，貨錢你們沒指望討回。」瘦子咬着牙道。

「那些錢，就當作我送給你們的帛金吧！」R作勢扣扳機。

「等一等。姑娘，請你高抬貴手，我們只是中間人，賺取微薄的跑腿小費。貨主就在樓下，請容我去取貨給兩位……」

「可惡！我不管你們是貨主抑或中間人，總之，收錢交貨，沒貨取命！」R半步不讓。

「薩加，打電話給沙艾力，叫他拿電版上來吧。」瘦子首先屈服，「這女人不好惹。」

幹得好。R！

「好吧。」胖子將手插進衣袋。

「不要動！」泰臣趨前按住他。

「我掏電話。我沒武器。」胖子慢慢從衣袋裏取出一個LG電話。

「用我們的電話。」R向泰臣打個神色，「開啟擴音器。」

「我要確保你老老實實地打電話。」泰臣把自己的Anycall電話放在茶几上。

胖子稍稍遲疑，伸手往Anycall電話按鍵。

真聰明，R。露絲早在泰臣的Anycall電話晶片加入追蹤程式，電話一接通，露絲便追蹤到接聽一方的電話號碼和所在位置。

「喂……」對方有人接聽。

「沙艾力，是我。」胖子道。

「唏，薩加，賬戶顯示，錢已收妥。棒啊！你在哪裏？」

「我們還在酒店套房內，他們有槍，要電版……」

「蠢材！你不該在酒店打電話給我——噢，什麼事？……你們是什麼人？……」

「……」通話中斷。

「R、泰臣，我們那組人在酒店對面的咖啡店內，拘捕了一名菲律賓男子。」露絲的聲音插進特工通訊頻道，「在那人身上搜出偽鈔電版。」

「進來吧。」R收起手槍。

套房大門打開，湧進幾個特工，把胖子和瘦子拘捕。

任務完成。

「喵……」油雞小姐在我腳邊繞來鑽去。

我在餐桌上取了一隻空碟子，把半杯鮮奶倒進碟裏，放在桌下，讓油雞小姐舔吃。

我彎腰撫着牠的背毛，道：「你的主人，很快回家了。」

3

一小時過去。

R還沒回來。

我拿盛過鮮奶的杯和碟到廚房清洗，順便拿起百潔布，蘸點洗潔精，抹淨爐灶的油污，再用清水洗抹一次。既然抹淨爐灶，順便注滿一盤清水，按一比九十九的分量加入漂白水，浸透抹布，再擰乾，抹擦廚櫃、雪櫃、洗衣機、排氣扇、排油煙機，整個廚房飄着淡淡的漂白水氣味。

步出廚房，四下張看，拿起剛才的抹布，再開一盆「一比九十九」，繼續抹枱、椅、沙發、電視櫃、衣櫃、茶几、鞋櫃，一面抹，一面將一堆消閒小說、舊雜誌疊好，又把CD放回CD盒再插回CD架上；再撿走家具上面的紙屑、包裝袋、薯片碎。之後，從雜物房搬動吸塵機和地拖，把全屋地板清潔一遍。最後，為盆栽澆水。

兩小時過去。

R仍未回家。

我替烤鴨先生扣上牽繩，帶牠往屋苑的狗廁所走走，順便把滿滿的垃圾揹到垃圾收集處。經過Yman的房子，重門深鎖，從門簾的縫隙望進去，隱約看見那株大麻樹——就是它，惹起連串荒謬的經歷。

烤鴨先生在Yman門外停下來。我拍拍牠的頸後，道：「不要緊。你的主人很快回來了。」牠似懂非懂地搖搖尾巴。我輕輕拉動牽繩，烤鴨先生配合我的動作，開步向前。一人一狗，走在向晚的石板路上。我為烤鴨先生吟了半首鄭愁予的〈知風草〉：

晚虹後的天空，又是，桃花宣似的了
被褖褙的亂雲，是寫在
信風上的書法，我猶存
受贈者的感覺，猶記簷滴斷續地讀出
而結束於一聲鼓……那夕陽的紅銅的音色

三小時過去。

手提電話在我的口袋裏震動，我取出電話，瞧瞧來電顯示，是R。

「R，你可以回家了？」

「噢，對不起，阿Wing。那些菲律賓人終於招供，原來背後有一個龐大的偽鈔集團，還牽涉貪污官員。菲律賓人提供了一些人名，我們要立即跟進，不能讓不法之徒聞風先遁。真的對不起。」

「你不用道歉，這是特工的職責。我明白的。你大概忘了，我也是特工。」

「阿Wing……」

「嗄？」

「我愛你。」

「我也愛你。」

「Bye。」

「……」

我收好電話，站起身，最後看一眼R的房子，空氣裏仍飄着漂白水的氣味。澆花、擦地、抹枱、吸塵、洗碗碟、倒垃圾、遛狗等等，尋常一個菲律賓女傭肯定比我稱職。我走到大門前，回頭跟油雞小姐和烤鴨先生揮揮手，關掉電燈，帶上門離去。

屋外，路燈散發暈黃的燈光。

天，已經漆黑一片。

北燕手記·風雨中的英雄

黃燕萍

盛夏未盡。是夜，雷暴警告生效。

安頓好一雙兒女入睡，我乖乖地重返書房，面對堆積如山的作文，歎一口氣，開始伏案批改。

這回跟阿Wing前往法國找Chit，既為義助好友，也盼忙裏偷閒。家裏，把一雙兒女交給媽媽；學校，打了一張友情牌，請歸隱已久的特工飛鳳幫忙。飛鳳學識豐富，見聞廣博，且擅長易容，由她到學校代我上課，必定神不知鬼不覺；學生們在她身上，自也獲益匪淺。

不料飛鳳代課前一天，到四川麻辣火鍋店用膳，且藝高人膽大，挑戰該店的招牌菜：「滾紅滾綠頭頂冒火雙眼湧淚兩耳生煙全身麻痹啞口無言」的「天下第一辣」。數碗又紅又綠、布滿佐料的肥牛下肚，所有餐單上的症狀開始逐一出現。飛鳳輕鬆地用三成內功壓下頭頂冒火的滾燙；繼而提升到五成功力止住雙眼如泉的湧淚；不得已調節至七成功力堵塞兩耳生煙；最後冷汗涔涔地拚盡十成功力化去全身麻痹之感。

「好——辣——呀！」飛鳳仰天哀號，接着，卻已是啞口無言！

於是，化妝成黃燕萍老師的啞巴飛鳳，只得每節課都要求學生作文一篇。這便是我甫回港便要「擔簿出巡」，晝夜批改的原因了！

*　　*　　*

「轟——隆——」震耳欲聾的響雷，夾雜着利如刀劍的閃電，轟炸着天地。我抬起頭，赫然發現玻璃幕牆外，正貼着一隻巨大無匹的黑蜘蛛。

天呀！哪有蜘蛛可以爬到這麼高的地方來？定眼一看，不是蜘蛛，是一個背上安裝了八條鋼管吸盤的男人，給我發現了，他的嘴唇竟掛上詭異的微笑，一雙鼠眼閃着狡黠的光。

「高佬泉！」我嚇叫起來，他不是正在法國坐牢嗎？

怎會伏在我家窗上？

「轟——隆——」又一記響雷，我這才看清楚高佬泉背上的鋼管，其中兩條各伸向左右兩翼的房間。

「媽咪，救命——」YoYo跟Sunny仔的呼救聲同時傳來。我驚跳起來，迅速撲進孩子們的房間，還是遲了一步。只見強化玻璃已被熔割了一個窟窿，行兇的鋼管伸出鐵爪，抓起牀上的孩子。看着兩名寶貝懸浮在數十層樓高的空中，尖叫不斷，我的心跳幾乎停頓！

「放了他們！求你！」孩子在他手中，我不敢輕舉妄動，只能苦苦哀求。

「哼，在法國的足球場，阿Wing跟你怎麼不放過我！」高佬泉咬牙切齒地狂叫：「帶我要的東西到指定地方，否則後果自負！」說罷，鋼管吸盤迅速下移，高佬泉、YoYo跟Sunny仔已消失在我面前。

眼睜睜看着兒女被擄，我虛弱得癱軟在地，這才發現藍天白雲的牆紙上，有高佬泉寫下豆大的八個字：

金山校園　寶圖換兒

「阿Wing！」我強忍着眼淚撥電求救，「YoYo跟Sunny仔給高佬泉抓了，他指明要Chit的藏寶圖交換。外子正在韓國公幹，我需要你幫忙，地址是……」

「即到——」電話那頭的阿Wing含糊不清地說。

＊　＊　＊

「轟隆——轟隆——轟隆——」連綿不斷的響雷，夾雜着豆大的雨勢傾盆而下。

守夜更的工友大叔，甫見身穿紅色Hello Kitty睡衣、披頭散髮、衣衫盡濕、狀似瘋癲的女人，在深夜狂拍學校的鐵閘，嚇得如見鬼魅。待確定是我，才戰戰兢兢地開門，「唉呀！黃老師，深更半夜，你這是……」

「李叔叔，我回來工作，拜託你替我打開燈箱的總掣。」我不欲告知兒女被擄的事實，因為盡心職守的他必會堅持報警。YoYo跟Sunny仔在高佬泉手上，我不想有任何差池。

「好的，你想開哪一間教員室的燈呢？」李叔叔問。

「全校，包括教室、洗手間、走廊，跟操場的照射燈。」我要在短時間內找到高佬泉，時間愈長，孩子們便愈危險！

「全校?!」李叔叔大惑不解。

「對，全校。」我肯定地重複一次，隨便扯了一個牽強至極的藉口：「我…… 怕黑！」

「哦！」李叔叔邊上樓開總掣，邊喃喃自語：「現在當教師壓力可真大！……」他大概以為我是都市情緒病患者，遂不敢再多言。

* * *

「北燕！」背後傳來阿Wing氣喘吁吁，卻又含糊不清的聲音。我轉身一看，不禁傻了眼！

只見眼前的阿Wing身穿白色棉質背心，下着藍色海綿寶寶睡褲，腳踏綠色人字拖，頭上堆滿泡泡、嘴裏咬着牙刷，滿口牙膏。難怪剛才他接電話時口齒不清，原來正邊洗頭邊刷牙。

看他氣喘如牛，想必剛才跟我一樣，在豪雨中截不到計程車，便施展輕功，從家裏直奔此地。只是阿

Wing的功力比我深厚，同時還披上一件極薄的透明防水衣，遠看就像運起「防水氣功」一般，滴水不侵。路遙漫漫、大雨滂沱，他全身竟無一滴水漬。如果剛才李叔叔誤會我是紅衣女鬼，一路上，被阿Wing快如疾風的身影嚇壞的途人，一定為數不少，希望當中沒有心臟病人吧！

「情況如何？」阿Wing跑到北燕跟前，除下防水衣，用雨水繼續刷牙，雨點這才落到他頭上。他竟也不介意，把握時間，藉着雨水繼續洗頭跟刷牙的程序。

「不知道，我也才剛到。」我如實告知，又問：「你報了警嗎？」

「當然沒有……」阿Wing頭上的泡泡在他的搓揉下，順着雨水往下淌。他仰着頭，張口接了幾口雨水，把滿嘴的牙膏漱淨，續道：「如果高佬泉輕易就能爬到五、六十層樓高抓人，這樣的裝備，並非一般警員可以制伏的。」

果然是多年的老拍檔，跟我默契十足。

「待會兒進去……」我想叮囑他救人要項。

「兩面夾攻，你在明，我在暗，YoYo跟Sunny仔在他手上，絕不能惹怒他！」

他又一次說中我的心聲。我們不約而同，想起「8．23」菲律賓國父黎剎紀念公園的慘劇，不禁黯然！

*　　　*　　　*

「高佬泉——」我大踏步地走在校園裏，故意揚聲喊他的名字，好教他把注意力集中在我身上，掩護阿Wing的搜尋工作。此時雷鳴暫停，雨勢也收了不少。

「你行事可真迅速呀！特工北燕。」操場另一端是安柱堂，屋頂站着黑如夜色的高佬泉，在射燈的照明下，我跟他都無所遁形。只見他背上的鋼管張牙舞爪，把我的一對兒女高舉在半空。

「藏寶圖呢？交出來！」他命令道。

「你怎麼肯定我一定有藏寶圖？」我故意拖延時間。此刻校舍燈火通明，阿Wing要到安柱堂屋頂救孩子，便得繞到校外的屋邨，再從斜坡爬進學校，需要一點時問。

「Chit的藏寶圖，關係着一筆天文數字的財富，賈會長一直派人監視着你們。若非藏寶圖已在手，你們離開法國時，怎會笑得如此燦爛？」高佬泉說着，其中一根鋼管射來兩張照片，我伸手接住。照片中的阿Wing跟我，果然都笑得心滿意足。只是，此時我如何跟高佬泉解釋，阿Wing的笑容是因為R痊愈，而我則是因為買到心頭好。

「北京的賈會長？」我好奇地問：「你跟他何來瓜葛？」

「本來我們素不相識，但你們害我入獄後，某日監獄發生氣體爆炸，我給震昏；醒來已被困在裝葡萄酒的箱裏，且身處貨運機上。在叫天不應、叫地不聞的情況下，我賭氣喝光了箱裏的十多瓶葡萄酒，一路從法國醉到北京；清醒後，已給改裝成這副模樣了。你看……」

高佬泉轉身向着我，扯破背部的衣衫。我這才驚覺，那八根銀白色的鋼管，全植入他的背部，由他以念力控制，難怪靈活至此！

「天啊！」我發出驚呼：「你可怎麼睡覺？」

「哈哈哈……」高佬泉發出淒厲的笑聲，「給改裝成這般，哪裏還用睡覺？我的心、肝、脾、肺、腎，以及眼角膜，已經全被取走，作了黑市買賣；現在這個軀殼，全是人工智能，受控於賈會長。告訴你，他這人很卑……」

高佬泉欲言又止：「……很不簡單，得罪他，不會有好日子過。綁架你一對兒女，也是他的主意。現在，我的體內藏着破壞力驚人的炸彈，足以把方圓十里夷為平地。如果天明之前拿不到藏寶圖，他便會遙控引爆……」高佬泉欲哭無淚，「他讓我把孩子們帶到學校，如果我化為灰燼，你也會成為『三失師奶』：失兒、失女、失工作，哈哈哈……」

「叔叔好可憐哦！」九歲的YoYo聽得入神，一雙大眼睛炯炯有神地看着高佬泉，滿是憐憫。

高佬泉一愕，眼裏閃過一絲暖意，隨即晃晃頭，故作兇狠地說：「小女孩，不要這樣看着我。我是壞人。如果你媽媽交不出藏寶圖，你跟弟弟都甭想活命！」

「我不怕！叔叔，請你放了弟弟，我留下來，我會給你講故事……」

「不，壞人。我是男子漢，要保護姐姐，放了我姐，我要跟你決鬥！」五歲的Sunny仔毫不畏懼，掙扎着向高佬泉喊。

「北燕……」高佬泉動容地說：「你的兒女真乖！我也有一對很可愛的孩子。女兒小時候最喜歡跟我講笑話、兒子總要我陪他玩『超人打怪獸』，可惜我太忙，沒有時間陪他們；現在他們都長大了……我很後悔，也不知道以後還有沒有機會見到他們！」

此時，阿Wing已爬上安柱堂屋頂，正悄悄地向他們移進。

「一定可以的，你下來吧！我帶你回特工總部，我們有最頂尖的科技專家，一定可以移走你體內的炸彈。」我苦口婆心地勸導他。

「拆掉炸彈又如何？賈會長曾警告我，要是我背叛，他會把我的兒女抓到北京，改裝成殺人兇器！」

「這種卑鄙小人，你何必受制於他！」我着急起來，「下來，讓我們幫你拆掉炸彈，由你保護自己的兒女，這才是上策！」

「沒用的，賈會長絕不簡單，得罪他的人會生不如死！即使犧牲，我也不容許自己的孩子痛苦一生！」此時，阿Wing已伺伏在高佬泉身後，但經過人工智能改裝的高佬泉，靈敏度高於常人，稍有異動，都瞞不過他。

他一發現阿Wing，哀慟的情緒瞬間轉為狂怒，背後的鋼管彈出利刃，毫不留情地刺向阿Wing，大有置其於死地的兇悍。阿Wing雙拳難敵六臂，不敢掉以輕心，頓地一錯，後跳數十尺。豈料所有鋼管都有伸縮功能，遠距離作戰，同樣招招狠毒。

「Wing叔叔小心！」YoYo跟Sunny仔異口同聲地喊。好一個阿Wing，徒手抓住兩根鋼管，施一招「凌波微步」，在一片銀光的夾擊中左穿右插，轉眼把四條鋼管纏作一團，令高佬泉無法解開。

「你們不仁，休怪我不義！」被逼急了的高佬泉高高舉起YoYo，狠狠地向操場拋下去。

「啊——」我驚叫一聲，飛撲向前，及時把女兒接在懷裏。

「接得了一個，且看你如何接第二個！」說着又把Sunny仔扔往另一個方向。

「不——」我五內如焚，距離太遠，自知無法趕及。幸好Sunny仔平日經我訓練有素，身手不弱，臨危不亂地把身體縮成蝦米狀，再向前一躍，抓住屋頂邊緣，得以自保。

我放下YoYo，飛奔到屋頂，惟見銀光晃動，令我無法接近Sunny仔的位置。此時阿Wing兩手各抓住一根鋼管，而高佬泉之前受過教訓，再不輕易隨着阿Wing的身影攻擊。

「媽咪救我——」小小的人兒力氣不足，眼看便要飛墜而下，我急得心跳幾乎停頓！幸好阿Wing腦筋轉得快，手握鋼管，飛身向前，電光石火間，放開一根鋼管，抓住Sunny仔的小手，及時再把鋼管壓在身下。

在空中飛舞的兩根鋼管蠢蠢欲動，尖刀眼看要刺向阿Wing，我奮不顧身地撲上去，抓住這足以致命的利器；但到底氣力不足，身體反而被懸舉在半空。情急生智，我取出口袋裹的紅筆，暫作釘子之用，貫穿鋼管的關節縫隙，全力往地面一壓，兩根鋼管便給釘死在地上。

可惜筆只有兩枝，無法以同樣方法對付困擾阿Wing的鋼臂。

「北燕！」阿Wing叫道，同時向我打了個眼色，循着他的視線，我發現打鬥間掉在地上的牙刷。明白他的意思，拾起牙刷急奔往阿Wing身邊交給他，便接手拯救Sunny仔——因為阿Wing想到的方法，在我的能力之外。

只見阿Wing運起內力，以掌為刀，把一根膠牙刷斜切為二，兩端皆有尖頭，然後效法我的方法，把高佬泉尚可活動的兩臂釘在地面。

形勢逆轉，眼前的對手已不足為懼。可是，高佬泉的身體忽然發出「BB —— BB —— 」的聲響，雙眼如信號燈般發出詭異的紅光。

「哈哈哈……」高佬泉縱聲大笑，「賈會長啟動爆炸裝置了，三分鐘後，方圓十里的一切將會化為烏有。以你們的輕功，當然可以逃得過；但帶着兩名孩子，便只能看彩數了！」

「……」我與阿Wing同時望向周邊屋邨的萬家燈火，心意一致：不能逃！

「高佬泉，教我們解除爆炸裝置的方法吧。這附近少說也有逾萬居民，你忍心看見生靈塗炭嗎？」

「哼！你們休想我背叛賈會長。我的雙眼具有攝錄功能，所看到的影像都會通過衛星傳送到北京。倘若我有叛逆之舉，誰能擔保我一雙兒女的安全？」

「賈會長的話，根本不可信！」我氣憤難平，「他不是答應了你，天亮之前拿不到藏寶圖才引爆嗎？但現在不過夜半兩點，而你也只是暫時受制於我們，他卻不給你反敗為勝的機會。這樣的人，難保不會在你過世後，仍對你的兒女不利！」

「……」高佬泉眉頭緊鎖，表情痛苦得扭曲起來。

「高佬泉。」阿Wing挺身而出，「北燕說得不錯，只要你告訴我們解除爆炸裝置的方法，我以性命擔保，必保你的兒女萬全！」

「君子一言——」高佬泉緊盯着阿Wing。

「駟馬難追！」阿Wing拍一拍心口。

「好，來吧！」高佬泉以壯士斷臂的語氣說：「方法只有一個：你必須把我背部的鋼管扯掉，徒手探進我的體內，炸彈裝置的開關在原有的心臟位置。」

「那……」阿Wing運起內力，臉上充滿不忍，「得罪了！」

「少婆媽！」高佬泉催促阿Wing下手，「時間無多了！」

此時YoYo走到我身邊，我把她跟Sunny仔摟在懷裏，不欲他們看到這血腥又殘忍的一幕。

「啊——」長長的一聲哀號，來自骨肉遭撕裂的疼痛，我把孩子們抱得更緊，讓他們發抖的身體得到撫慰和安全感。

「關掉了。」阿Wing吁了一口氣。面色蒼白的高佬泉如泄氣的皮球般癱軟在地。

「謝謝你，高佬泉！」我們母子三人走上前去。

奄奄一息的高佬泉看來已進入彌留狀態，卻看着YoYo跟Sunny仔，夢囈似地低語：「多可愛的孩子，我的兒女小時候也是這般模樣。可惜，我再也不能看見他們了！」

「高佬泉叔叔，你放心，媽媽會告訴哥哥姐姐，你很愛他們。」YoYo懂事地掏出紙巾，替高佬泉抹掉嘴角的血迹。

「謝謝你，乖孩子……你叫YoYo是吧！你會說故事，那麼，給叔叔講一個好嗎？要好笑的。」高佬泉眼神渙散，卻隱約地透出希冀的光芒。

「好的。」YoYo清了喉嚨，說起一個笑話：

傻強養了一頭豬，卻嫌牠愈大愈嘈吵，便屢次把牠帶到樹林放生。可那頭豬不知怎地，每次都懂得自行回家。

某天，傻強狠起心腸，開車把豬送到一個更偏遠的樹林放生。那天晚上，傻強撥電話回家問太太：「老婆，那頭豬回家了嗎？」

「牠早回來了。」太太答：「你怎麼還不回來？」

「豈有此理！」傻強氣憤地對着電話大叫：「快叫那頭豬聽電話，我迷路了！繞了半天仍找不到樹林的出路……」

「哈哈哈……」高佬泉嚎笑起來，「哪有人這樣笨，比豬更笨……」他喃喃自語：「比豬更笨，我真是比豬更笨，從來不珍惜跟家人相處的時間，一直以為還有機會，從來不曾告訴孩子們我有多疼他們……」

一滴淚從他的眼角徐徐淌下，他的眼睛闔上，再不能睜開了！

雨後的天空異常清朗，一顆孤星掛在天空，閃閃生輝。